山海經裡的故事3

南山先生的逍遙遊

文：鄒敦怜
圖：羅方君

名家推薦

周理慧（閱讀推廣名師／師鐸獎、全國SUPER教師、典範教師得主）

教學時在國語課本裡認識敦怜老師後，我即開始關注敦怜老師的作品。山海經裡的故事從第一集《南山先生的藥鋪子》一看完，就等待下一集快點出版；看完《南山先生的不傳祕方》後，有幸能先一睹第三集《南山先生的逍遙遊》精彩非凡的故事，在沉悶又炎熱的暑假裡根本不需賓草解憂，彷彿看了好幾場生動又吸睛的動畫影集，也認識了多樣的奇珍異草和中藥草的效用。

「真是妙啊！」我邊讀邊拍案叫絕，邊想著敦怜老師是怎麼發想情節的？書中的故事能激發讀者好奇心，沉浸其中連放在手邊的咖啡都會忘記啜飲。故事情節不僅鋪陳巧妙，伏筆又接引著情節，上下文間相互牽引、節奏明快、用詞精準，一讀即欲罷不能。一邊讀，我也忍不住一邊問自己：書中的小難是這樣想的，那麼我呢？全書有著細膩刻畫出的人物和生動的描寫技巧，在浩瀚書海中，我敢說這已不只是一本故事書，它還是一本訓練閱讀理解能力的好書呢！

書中師父的言語充滿智慧：「什麼東西該出現在哪裡，都是有定數的。」大自然萬物的出現一定有它的道理；就像師父教小難的調息即是組織訊息的邏輯推演。「凡是過與不及，都是不好的……」師父會牢牢的記住別人隨口說的話語，並且慢慢的想辦法幫忙，仁心仁術的醫師為病患帶來希望，師父的所言所行，不僅僅只是教會了小難而已，也讓讀者反思其中的哲理。

讀完後，讓我也想起孩提時期，曾不知為何腹瀉不已，阿嬤在鄉下住家的空地裡拔了幾撮紅菱草和雷公根，熬煮放上黑糖放涼後要我喝下，說也奇怪，喝了幾杯後，竟然免除了我得找醫師打針的恐懼。把山海經裡的奇花異草和中醫結合在一起寫，真是巧妙的詮釋角度啊！

一口氣讀完「山海經裡的故事：南山先生」系列的三本書，我忍不住想催生下個系列——東海先生，敦伶老師您動筆了嗎，現在，我又開始期待「東海先生」的故事趕快來喔！

林麗麗（兒童文學作家／教科書編寫作者）

逍遙遊，不禁將我的思緒拉回到三十幾年前……

這一切都是最美好的安排，如同小難的師父所說的。看著南山先生的

民國七十三年，剛考進臺北市立師專，在迎新活動中，看著聰慧、熱情又大方的敦怜學姐，我心中悄悄燃起崇拜的火苗。畢業後，到國語實小任教，非常開心與偶像重逢。幾年後，有幸分派在同一組研究教師群裡，自此展開一場師徒因緣。

在語文創作與成長歲月中，敦怜學姐就如同招搖山裡的南山先生，成為我生命中亦師亦友的導師。而我也像小難一樣，從一片白紙，跟著師父一步步走入國語文教學研究的鋪子裡。在語文小鋪裡，她不僅帶著我寫下一本本有趣的書，更在我生命中注入充滿智慧的人生觀。

從這本書裡，我不只是以全新角度閱讀了三千多年前的古籍，也獲得了中藥養生的醫學知識，更多的是作者想與讀者分享的生命哲理。敦怜學姐透過一連串的提問，將哲理的思考權和選擇權留給讀者，這些問題沒有標準答案，因為每個人的身後都有自己的故事。世界從來不是非黑即白，「如人飲水，冷暖自知」，每件事情、每個當下、每個省悟，都需要當事人自己體會才能明白箇中滋味。

書中有一句話說道：「這世間的安排真是巧妙」，這句話讓我感觸很深，人與人之間的緣分真的十分巧妙！如果我不是師專生，如果我沒有分發到國語實小，如果我沒有擔任研究教師，就不會有搶先閱讀這本書的機會。啊！一切都是最美好的安排！期待下一系列的東海先生，不知道敦怜學姐又會做怎樣的安排呢？

陳清枝（台灣宜蘭荒野創辦人）

第三冊的文稿，文字讓人愛不釋手，一口氣讀完還欲罷不能。前兩冊的奇花異草、神獸怪鳥已經深深的吸引著我；到了第三冊，讓我更敬佩的是南山先生這位良醫、良師的身影。南山先生不僅學識淵博，更能為人解憂著想，現實生活中要是遇到這樣的人，我一定趕緊去跟他做朋友。

我在閱讀文本之外最大的收穫，不是知道南山先生治好了什麼病？用了什麼藥方？而是他那悲天憫人，真心想解除所有就醫者病痛的大愛；還有那些藏在人物對話中，由南山先生說出來的人生道理和哲學，那是真正的仁者醫生才有的胸懷。

作者敦怜老師，文筆流暢、語意通達，雖然有很多古字詞、名字我也不一定認得，但故事內容實在太吸引我了，這些古字詞反而是閱讀之後想深入了解的新字詞。十分佩服出版社的慧眼，出版如此令人亮眼的著作。讀者用心的讀，除了可以看到精采的故事內容，還會在不同的人生階段，有著不同的體悟與啟發呢！

黃秋芳（文學創作者、黃秋芳創作坊主持人）

閱讀「山海經裡的故事：南山先生」系列，彷彿跟著主角人物，有一趟洗心淨慮的奇幻旅程。當電玩遊戲和奇幻文學帶著詭譎奇想，從現代生活的平淡重複中遁逃，《山海經》的荒誕萬象，滋潤著各種可能，只要摘取一點點淵源，就可以透過想像再造，在自己的世界裡自由舒張，跨向恢弘瑰麗，越走越遠，創作時越顯出縱恣和歡快。但是，這不是鄒敦怜的寫法。

鄒敦怜的文字，從乾淨的青春小說開始，一直延續到帶著詩韻的童話，細密編織出魔法王國。她抓住《山海經》的巫異思維，從「藥鋪子」出發，成為最精準的巧思，把所有相感、相制、相生、相剋的奇特生物，透過內服、外佩，用以治病、辟邪、庇護、祈願……，靠近日常，越寫越近，重新挖掘出原始初民中對大自然的想像、依戀和尊崇。

這些純粹、真摯的人際互動和生活描繪，看起來簡單，真要把所有零散重複的章節碎片，組合得有趣又有滋味，不但需要精巧的聯結點，還得很用功地從原典耙梳整合、人情的洞明領略，直到敘事的想像揮灑，耗盡心思，才能充分解釋《山海經》斷簡殘編中的各種相互矛盾處，補足每一個漏洞，讓我們在這麼奇詭的土壤裡，看到非常真實的溫暖。

屬於鄒敦怜的私密故事，從第一部《南山先生的藥鋪子》開始，藉祝余、迷轂解決日常生活最基礎的困境，止飢、回家；再奠基在物質的安定，勾勒出精神困頓，確立「忘憂」體系；而後從生理、心理到生活環境的安全，「大旱」和「大水」的對照，巧妙傳遞出天地均衡，不是凶物、也不是吉物的相對性。情意溫暖，主軸清晰，讓我們跟著小小的浮沉哀喜，真實感受世界的曲折、豐饒，值得好奇，我們因為一些人、一些事的相互依靠和成全，不斷改變了自己、也豐富了自己。

第二部《南山先生的不傳祕方》，擴大了空間感，主軸從「瘟疫」寫到「戰爭」，在全球蔓延的疫情中，更能引起共鳴。圓熟的寫作技巧，透過劇情流動，自然帶出前情提要，讓我們即使沒有看過第一集，也能從容賞玩著她的《山海經》王國。

簡單的生活、日常的智慧，成為最值得追尋的「身心安頓」，隨著「天氣越來越熱，在菜餚裡多加一些節令瓜果」、「拔一些蒲公英、車前草、鮮薄荷、金銀花，加水煮茶，清熱化濕」、「白石頭是滑石、紅石頭是朱砂、藍石頭是曾青、黃石頭是琥珀、暗綠色帶著透明光澤的是陽起石，用無用之姿靜躺在河谷、洞穴裡，等待千百年，也許就等著某一天，有個知曉價值的人，發現它們的妙用」……這點點滴滴的叮嚀，帶出現世安穩的當下珍惜；「驚蟄的雷聲是上天對農忙者的吆喝」，更有一種大自然的親密相偎，讓我們生活得更自在、更安定；最重要的是，逆反瘟疫和戰爭的唯一關鍵，奠基於「烏托邦的理想」，看她勾勒「秋天的病人，隔年春天送一大簍新鮮的竹筍、夏天送剛採收的瓜果、而後送新米；沒什麼可以回報的人就多留幾天幫忙雜活」，真覺得天地大愛，治癒人與人、國與國之間的貪婪，也就拆解了爭戰的源起。

到了第三部《南山先生的逍遙遊》，在荒誕的遠古神話中，匯入莊子的自在飄渺，拉長了時間感，處理是與非、好與壞、駐留和漂流……，從輕靈的文學想像躍進深邃的哲思思辯。

透過好人和壞人，鬆開是與非的侷限和綑縛；用「禍鬥」和「厭火國」提醒我們，萬事萬般都有定數；這世間有太多意想不到的曲折變化，讓我們感悟「矛盾弔詭」、「無用之用」的各種辯證；你不是魚，怎麼知道魚快不快樂？好夢好嗎？紅花美嗎？夢中那些最不想發生的事情，讓人膽顫心寒的預言，值得當真嗎？我們看到的「不完美」是不是比完美更好？生命中的信念和追尋，常常在對照、映襯中，游離出不同的標準。

這些深沉的省思，不是虛無飄渺的純粹哲學，而是在具體現實上，呈現職人深度，讀起來別有趣味。先寫出「簡單的藥理養生」，諸如：「許多藥材長得很像，簡直像兄弟。同樣深褐色小粒狀的紫蘇子和菟絲子，紫蘇子的顏色稍微暗一點，質地比較脆，用指甲就可以壓碎，壓碎之後裡頭有些淡淡的香氣；菟絲子顏色偏棕紅色，外殼堅硬壓不碎，聞起來不是香氣，而是一種有點嗆人的辛辣氣味。咳嗽氣喘有痰，得用紫蘇子；要是睡不好、缺乏元氣，就得在方子裡加上菟絲子」、「白菊花、決明子、枸杞泡茶，可以明目」、「真正的好大夫，不是知道有多少好的藥方，而是找到最適切的方子給病人，每天認真琢磨望聞問切」；更有「找上好的洛神花、玫瑰花、紫草挑揀乾淨，用上好的橄欖油浸泡半個月，變成玫紅色的紅油。蜂巢在水中煮過後濾乾淨變蜂蠟，再把一顆珍珠、幾朵豔玫瑰、一些玉米粉，一起研磨成更細緻的粉末，隔水融化後，一點一點的加入粉末中研磨，油膏狀的胭脂有著花的香氣」的風情搖曳，在人情的念想、生活的精緻，以及各種飲饌點心的翻撿焙製中，凸顯出「日常的情韻」。

最後，透過天災和人禍的對照，寫盡「現實的智慧」。水災旱災無可避免，狡客反而容易躲過，只要人人自知自覺，就能力挽狂瀾。而後在南山先生避無可避的病痛中，引出東海先生出場，下一段文學旅程的預告，又讓我們充滿了期待。

仿如通過「藥鋪子」的學徒煉製，找到生命經營的「不傳祕方」，一路跟著「山海經裡的故事：南山先生」系列，走到最後的「逍遙遊」，時間不老不死，讓我們在闔上書後，有一種蔥翠清新的透明感，重新清洗了自己。

序

前一本《山海經裡的故事2：南山先生的不傳祕方》中，讀者跟著小難被困在山火中。野火從山下往上，焚熱與濃煙伴隨著驚恐而至，看似無所逃遁的絕境，插翅也難飛，該怎麼辦？在這本書開頭的第一篇，小難與師父南山先生，不但順利的逃脫惡火，讀者也可以知道火從哪裡來，火會如何滅。

從哪兒來，到哪兒去，這不僅是火，其實每樣事物都得有這樣的規律，不能無中生有，不該瞬間消失。書中的情節環環相扣，處處可見這些隱藏在其中的伏筆：

捕撈上來的三足龜，據說是藥王之王能治百病，牠被送進了藥鋪子，能否保全性命呢？

李其縣官巧遇異獸禍鬥，福至心靈想到得超前部署防火措施，他這種未雨綢繆的積極，真的永遠無傷嗎？

南山先生多年前萍水相逢的忘年之交瞿爭，因為聰明到看透一切而悲苦，別人的愁難變成他的夢魘，為了排解友人的苦惱，南山先生誓願找到能不做噩夢的藥方。只是藥方找到時，友人又已經如浮萍飄散不知去向，這一切努力會是白做功夫嗎？

相士該不該鉅細靡遺的告知別人未知的災難？大夫該不該全心全意的治好每一個人？身體健康或性格上的不完美，需不需要全力的去扭轉？這些該不該、對不對、好不好的問題答案，其實從來就不是簡單幾句話可以回答的。因為事事物物因因果果，也許在一開始看不到答案，但總會在某個時間點，彰顯這件事情發生的意義。

這套南山先生系列，主角人物當然是南山先生，透過小難的眼睛可以知道，南山先生是一個學養俱佳、道德高尚、不怒不喜、不煩不憂的完美人物典型。第一本書中交代了他離開家鄉習醫因緣，他在招搖山有個藥鋪子，看病醫治全發自歡喜內心，不收藥費也不拒絕別人隨與的贈物，不耕種只專注行醫，生活日常都來自病患與朋友的供給。那是我想像中山海經故事發生的時空，時間點類似陶淵明所感嘆「無懷氏之民歟？葛天氏之民歟？」的年代，書中刻劃出一個獨特的場域，一個遠比現在純樸簡單的時代。那麼久遠的從前，那些人是否無憂無慮呢？從山海經原典看到奇物的「療效」：御兵、御火、御水、御凶、御疫……可以知道他們的擔憂與現在的我們無異。難道千百年來，人們的執著與心念，都沒有任何長進嗎？這是怎麼一回事呢？這些問題會有答案嗎？

這本書是「山海經裡的故事：南山先生」系列的最後一本，書名中有「逍遙遊」一定會讓讀者聯想到莊子的逍遙遊，的確，我在解讀山海經時，認為這本書帶給讀者最大的貢獻，不該是對博物萬誌的認識，而應該是對世事人間的悠然自得，這就是對所有問題的終極解答。

這種心境是屬於南山先生，也屬於看過書的讀者。

目次

名家推薦 3
序 11
一、是是非非，真真假假 16
二、一呼一吸之間 38
三、日有所思，夜有所夢 62
四、繽紛夏日的過客 82
五、芸芸眾生的智者 102
六、不完美的必要 122
七、從此煩惱不生 136
八、風雪故人來 158

一・是是非非，真真假假

山火蔓延！

一股爆熱的、暗潮流動的熱氣流，隨著風撲向我們。

這不是夏日薰風的和暖，不是雨過天晴的舒緩，而是夾雜著劈哩啪啦凌亂爆裂聲的耀武揚威，遠方，不知名的怪獸，正踩著枯枝猛烈前行。

「師父！」我叫了一聲，師父沒有回答。

師父是不知道事態嚴重嗎？我急得像熱鍋上的螞蟻。

山火並不可怕，可怕的是這火不知從何而來，不知要燒多久？家鄉每年收成之後，村民也會放火燒掉田地上的枯枝

雜草，之後再翻土耕種，每一年這麼做，土地就會賞賜村民一整年的辛苦。只是，田地放火都是村民看好風向才放，掌握好火勢才開始焚燒，那時的火，是人們已經馴服的猛獸，但是現在逐漸逼近的並不是這樣的山火。我瞥向師父，想問問師父是不是該離開了，沒想到在幾步之遙的師父，竟然是閉目沉思，神閒氣定的模樣，一派春陽和暖的平靜。

我收起想問的話，回想剛剛師父到底說了些什麼？

我記得師父說過，林大哥和傅大哥搶走那幾張傳說中有「御兵」作用的神獸圖樣，他們必定是想按圖索驥，找到這些神獸，讓自己的兩個方國都不再有戰爭吧？師父還說，他們把比較溫馴的大有騎著離開，是為著趕路吧？他們來的時候只牽著一匹黑馬，要離開勢必得多一頭坐騎，這陣子他們也跟著我一起到馬廄裡照顧馬匹，所以知道這

裡的兩匹馬，大有比較願意親近人，大壯脾氣相當暴躁，騎走大有似乎也是意料之中。那麼急著回去，一定是想趕緊讓自己所在方國的人民，早點脫離戰爭的痛苦，這樣看來，他們是心心念念為眾人著想的「好人」。只是非其所取而取之謂之盜，為什麼他們沒商量就走？還拋下這大火燒山的棘手問題？如此沒得商量的，要我和師父立刻接招，但是，怎麼接呢？這幾乎是不留生路陷他人於危境，這些行徑讓他們更像是「壞人」！

「師父，火燒過來了，怎麼辦？」我終於忍不住稍微提高了聲音，難道師父被嚇壞了嗎？

空氣中瀰漫著一股明顯的焦味，讓人心慌。藥鋪子炒焦藥材也是常有的事情，但炒壞一鍋藥材頂多把整鍋往外倒，現在外頭到底燒了多少？燒掉了什麼？還要燒多久？

什麼時候蔓燒上來？我們該往哪裡逃？

林大哥和傅大哥是好人還是壞人？好人該救，壞人該不該救？有沒有那些不該救的人？萬一好不容易醫治好的人，變成了壞人，或是治好了才發現他其實是個壞人，那該怎麼辦？林大哥和傅大哥這麼做，那麼，藥鋪子還該不該永遠對任何人敞開大門？這種種疑問像周圍打轉的氣旋，因為得不到答案，不斷在我心中盤旋無法降落。

我心急如焚，不知道師父有怎樣的打算。不過，這時藥鋪子另一個方向的山路，傳來清楚的馬蹄聲，馬蹄聲後面接著的是非常急促的呼喚。

「南山先生、南山先生！」跑馬過來的是李其縣官。

「太好了，我急著上來，就怕你們衝了下山，反而不好。您別擔心，我已經派潛火隊三十名，他們個個受過最

好的訓練，我早就預作準備了，山火一定很快就能控制住。」

聽到已經控制住，我心裡原本七上八下吊著的水桶，全都「撲通、撲通」的落了地。只是那句「預作準備」，讓我非常好奇。招搖山沒有燒田耕種的習慣，這是我第一次看到山火如此蔓延，不曾發生過的事情怎麼知道會發生，假如是意外怎麼未卜先知，

知道它將會發生？除非，這不是意外？

我心中滿滿的問題，還好李其縣官自己先說了起來：「幾天之前，我在山中廢棄的村屋，看到不可思議的異象。苦思不得其解，決定先提高警覺。所以，平時望火樓都是兩班侍衛看守，這陣子我排了三班，要他們日夜認真監控……」

望火樓是用竹子編造

骨架、土石和著泥灰砌出外型的高塔，招搖山有好幾座，其中一座在南邊的小丘陵上，有一次我和師父要到附近採草藥時，看到望火樓上看守的大哥哥，正好是平時常跟我玩的江大哥。我興奮的在地下跟他揮手，但是我又喊又叫，又揮手又跳躍，江大哥都好像沒注意到一樣。後來，江大哥跟我說，當班的時候就該有當班的樣子，他可不能回我話，要專心的監測周圍有沒有火苗竄出。遠遠看望火樓，我總會聯想到，是誰想到的主意？讓平地生出了巨木，巨木頂端還有個大鳥巢！

「看來，是你提前部署，所以搶得了先機。」

李其縣官聽了，更是眉飛色舞的接著說下去：「……不單如此，我也早早準備好足夠的水囊水袋，挖深縣府原有的幾個大水坑，也疏通平時引水入坑的水道，就怕水道

淤積阻礙水流。這陣子我準備了兩百個水袋，您知道的，這些水袋都是馬、牛這類畜獸皮革縫製而成，要用牛筋密密細縫，得用蠻力製作，一般人可沒那力氣，縣府的織造工可忙翻了。這種水袋一個可以貯水三四石，要是哪裡起火，要立刻灌滿水，然後置於推車上，由三四個壯丁驅車前往救火。一般縣城準備個一百個就已經不得了，我叮囑務必湊足兩百個。」

李其縣官還說，這場火一燒起來，第一批潛火隊就已經趕去，他們個個力大無比，操作八尺杆長的「麻搭」游刃有餘。為此一役，縣府準備的泥漿將近千斛，終於派上用場了。接著第二批推車把已經準備好的水囊投入烈火中，那些水囊是豬牛之類大動物內臟製成，裝了水之後就像一個個的「水炸彈」，只是這炸彈不是點火反而是滅火。麻

搭沾上燒不起來的泥漿，再加上足夠的水囊，通常就可以熄滅火舌。

李其縣官說了又說，只是一直還沒說到自己到底看到了什麼，怎麼有這樣的突發奇想。雖然最近好一陣子沒下雨，招搖山那片千百年的桂花樹底下，全都是乾枯的雜草、枯枝、落葉聚集成團，但從來沒有發生過天雷降火這類的事情，李其縣官為什麼能未雨綢繆？

我插了嘴：「李其縣官，您有未卜先知的神通了。」

「不不，一開始我就說，是看到了異相，那還真是讓人膽戰心驚的畫面。」李其縣官娓娓道來。

在招搖山東面有個廢棄的村莊，因為曾經山石崩落，一夜之間大量的土石流掩蓋了一半的聚落，許多人因此喪生。為了安全，在那之後，其他存活的人陸陸續續把住家

搬離山腳。人可以搬走，那些房屋可帶不走。人走了，家家戶戶屋前屋後的樹木花草反客為主，像長了腳似的恣意生長，荒蕪的住屋被綠蔭藤蔓纏繞吞噬，即使是大白天，都有種陰森森的感覺。李其縣官說，去年底修築斷橋的時候，他路過那裡，本以為沒人居住的地方不該有亮光，但是他傍晚經過，居然看到一片灼目紅光。

「有人闖進空屋，在裡面燒火取暖嗎？」

「本來我也是這麼想，當我策馬前去查看，卻看到一隻身軀龐大的狗端坐在已經是斷垣殘壁的屋子中央，巨狗通體長毛，眼神兇惡發著紅光。我躲在門板後面，想著要出其不備，一箭射死。沒想到我剛拉弓，就看到牠張開大嘴，那嘴如同斗一樣大，滿嘴獠牙，散發出陣陣腥臭的味道，像是狗糞一樣。正當我進退兩難的時候，牠嚎叫著縱

身躍起，竟然噴出熊熊大火……」

居然有會噴火的狗？

「南山先生，那叫聲、那模樣、那尖銳獠牙，即使像我這種身經百戰的人，看了也膽戰心驚。牠噴出的火，很快的把老屋僅剩的木桌竹椅蛛網枯葉等燒起來，我也深陷火海之中，整個人像要被火焚燒殆盡一樣。當我正驚慌的時候，這怪獸發出類似人類尖叫的聲音，張開大嘴噘嘴吸氣，在我眼前，一口一口的把那些著火的東西吃掉……」

李其縣官說，當時他雖然害怕，但還是把箭射了出去，只見怪獸瞬間衝破殘敗的屋頂，跳離一丈以外，他催促著馬跟了過去。怪獸奔跑速度極快，怪的是當牠逃到一堵山壁之前，本以為沒了去路，就可以順利抓到怪獸，沒想到怪獸完全沒煞住腳，依舊用初始急速奔逃的速度衝向山壁。

之後就發生讓李其縣官至今想起來依然毛骨悚然的事情：前一秒明明在眼前的怪獸，下一秒竟然就這樣消失得無影無蹤，眼前可是堅硬如鐵的山壁！

「南山先生，那是兩個多月以前的事情了。雖然看到異狀，但從頭到尾也不過幾分鐘的時間，怪獸疾行如風，離開之後帶走原本的紅光，周圍變得更暗了。我不知道這怪獸哪裡來，一時也不知道該問誰好，但想想既然這怪獸又噴火又吃火，也許要提醒我的就是跟『火』有關的事情吧？所以，我就先把縣城裡防火設施提前準備好，這麼做了一陣子，沒聽說有哪裡冒出怪火，但我也不敢鬆懈，沒想到還真的派上了用場。」

原來是有異獸提前通知，李其縣官的運氣也真好。師父沉吟了一會兒，問了句：「你真的看到牠吃掉自己噴出

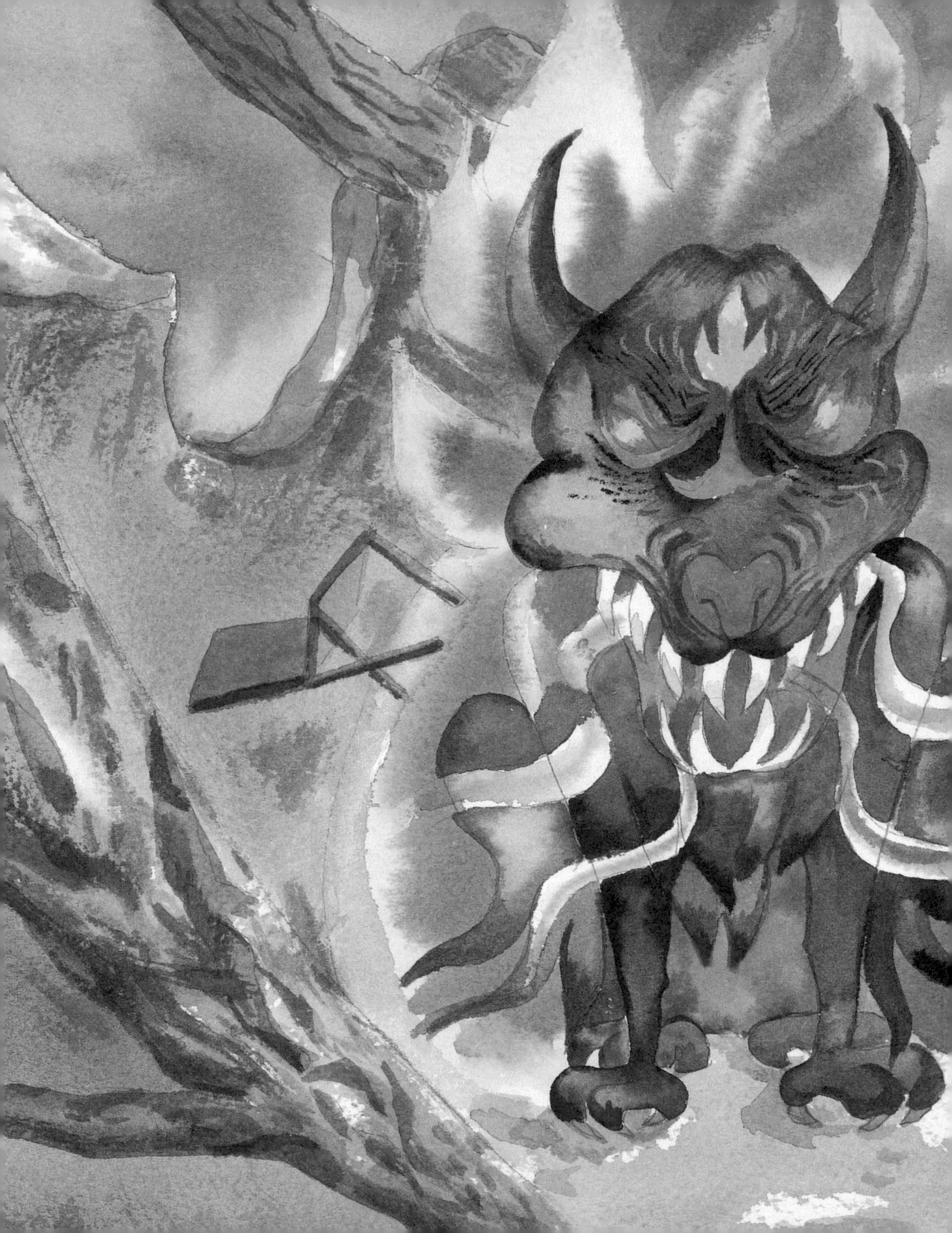

來的火？」李其縣官猛點頭：「南山先生，我非常確定，那種狀況您只要親眼看過一次，就再也忘不了。一瞬間周圍被烈火包圍，整個臉熱烘烘，毛髮都像要著火似的；下一瞬間這些著火之物又被大口吞噬，周圍立刻變黑變冷，那隻異獸的身體也隨著噴火、食火，一會兒是正常的毛色，一會兒是刺眼的通紅……」

「這異獸我沒親眼見過，但是聽那位周遊各國的東海先生說過，我猜是一種叫做『禍鬥』的異獸。東海先生拜訪過南方的厭火國，那裡的人長得像猿猴，長毛長手皮膚黝黑，說話豪氣大方。他們飼養的家犬，就是這樣的異獸。『禍鬥』如同你說的那樣，外型似犬，既會噴火又會食火，行蹤不定，忽隱忽現。」

東西著火了，不就壞了嗎？誰會家裡養隻動不動就噴

火的狗？我可真是不懂：「師父，厭火國的人真是奇怪，他們家的東西難道都不怕被燒壞了嗎？」

「小難，什麼東西該出現在哪裡，都是有定數的，」師父這麼說：「厭火國的人不太喜歡跟別人交朋友，事實上他們也真的很難交到朋友。他們酷愛跟火有關的事物，平時飲食，都要把東西燒紅成炭才吞進肚子裡，在那裡招待客人最好的饗宴，就是一塊塊還冒著火星點點的木炭。撇開飲食習性的特別，他們常常聊天聊著聊著，不管談的是開心或者揪心的事情，常忍不住就開始噴火。說得越是酣然痛快、情緒激動，噴出的火就越發旺盛，經過的人只消看看這群人談話時的火堆大小，就知道他們討論熱烈的程度。東海先生說過，厭火國的人們因為他們不怕火，喜歡圍坐在火堆中談笑自若。這時他們養的禍鬥，也就開心

的待在附近，等著分食烈火。若是客人不是同族同類，聊著天就被火灼傷，誰還敢接近呢？」

「所以，我看到的是禍鬥？南山先生，我這樣處置正確嗎？牠還會再出現嗎？」

「除了厭火國的居民，沒人喜歡禍鬥，牠們一出現，所有的東西都會付之一炬，損失無法估計。這次你預先防範，禍鬥無法得逞，牠們自然覺得無趣，當然就不敢再度招惹，招搖山算是安全了。」

師父的推測讓我安心，誰喜歡一天到晚救火？當然是避之唯恐不及。一般的人討厭禍鬥也是可想而知，誰叫牠們一出現就帶來火災。我腦子裡浮現一隻身軀龐大的狗，可能就跟大有、大壯一般大，牠們有著吞火、噴火的怪異行徑，這世間的安排真是巧妙，天底下就有那麼一個風俗

奇異的厭火國，讓禍鬥可以在那裏自在生活。我很想問師父，照理說，除非發生什麼特殊的狀況，否則禍鬥不會離開厭火國才對？到底是怎麼一回事，讓這隻怪獸出現在我們招搖山？師父能知道答案嗎？

李其縣官在藥鋪子跟師父說話的時候，一直有人前來稟告滅火的最新進度。桌上擺放的點心盤空了，師父要我去取些柿子餅過來，我端著盤子正要離開大廳，聽到李其縣官問師父：「南山先生，隨從們抓到兩名外地人，其中一個騎著您的馬，您想怎麼處置？」

總算老天有眼，林大哥和傅大哥沒想著我們怎麼照顧他們，偷騎走了馬不說，離開時還放一把火，這種人不就是典型的「忘恩負義」嗎？一定要嚴辦，我擔心不計較的師父心軟，還沒走出大廳又折回來說：「李其縣官，他們

太壞了，我告訴您……」沒想到師父竟然叫住我：「小難，你先去忙吧！」那聲音裡頭，有比平時嚴厲的味道，我馬上噤聲，心裡雖然存著委屈，但還是忍著。果然，師父沒有要李其縣官嚴辦，反而問了句：「你問了他們什麼話了嗎？」

李其縣官笑了笑說：「侍衛長的確問了話，說他們受到驚嚇，說話語無倫次。他們說看到滿身紅焰的大狗狂叫而過，一箭射去遍地都是火苗噴灑，山火就一發不可收拾，讓他們進退兩難，後來也是被我的潛火隊救出來的。侍衛長說聽不懂他們說的話，以為這兩人被火燒嚇得胡言亂語，但我卻知道怎麼一回事，估計他們也是看到了您說的禍鬥。」

「既然這樣就把馬送給他們，讓他們快快離開這裡吧！」

聽到師父這麼說，李其縣官竟也不多問，就照著師父的建議，跟侍衛長交代怎麼處置林大哥和傅大哥。

啊？我真不敢相信師父竟然就這麼輕易相信林大哥與傅大哥說的話，至少要問一問，他們為什麼急匆匆的離開？他們想去哪裡？他們搶了那些紙想要怎麼辦？或者要他們幫忙滅火也好，怎麼能這麼便宜他們？直到山火完全撲滅，李其縣官一行人告辭離去，我還是有滿肚子的疑問。

夜深時分，我們關起藥鋪子幾扇大窗戶，準備入睡時，師父才對我說：「小難，你一定不懂我為什麼這樣處理，對吧？要是你，你會怎麼做？」師父說話的聲音很溫和，像大海讓人覺得平和，我也就不管三七二十一的說了起來。

「師父，就算林大哥和傅大哥不是放火人，但是他們不告而取，擅自騎走大有就是不對，他們不是還搶走您

的圖嗎？應該要他們到您這兒說個清楚，至少要來道個歉啊！」

我心中的確忿忿不平，道個歉又不需要多少時間，況且師父也一定會跟他們說「沒關係」，然後就讓他們離開，為什麼要輕易地放過他們？

「小難，你一定認為他們是十惡不赦的竊賊，對吧？假如你是竊賊，來到我們這藥鋪子，說說你想偷什麼回去？」

我先是點點頭，又搖搖頭，「師父……」我欲言又止，不知道師父的「正確答案是什麼」。

「小難，別急著回答。還記得我教過你的『調息』法嗎？今晚你練一練調息功再睡，明天，也許你會有更好的答案。」

二・一呼一吸之間

夜深時刻，我卻睡不著，這驚險的一天，讓我腦子裡的畫面轉個不停。一會兒想著，林大哥和傅大哥不知道順利回到他們的故鄉了嗎？他們找到那些異獸了嗎？那些異獸真的能終止戰爭，讓世仇敵對的兩個方國，從此不再有戰爭嗎？一會兒浮現李其縣官口中那個吃火的禍鬥異獸，擔心自己要是遇到了怎麼辦？一會兒又想著那個師父的朋友東海先生，他怎麼能去那麼多地方、認識那麼多朋友？他老是旅行，難道沒有家人嗎？盤旋在我的腦海中的，還有師父那個睡前丟給我的問題，雖然只是一個看似簡單

「要偷什麼東西」的提問，但要好好回答還真難。

誰沒偷過東西？即使像我這個大家都認為「很乖」的孩子，也有好多次偷東西的經驗：偷摘別人家樹上的水果、偷吃好幾次奶奶還沒做好的花生糖以及各種糕點、撿到不知道誰的木雕小石磨，我也偷偷的據為己有。每次都是娘拿著棍子要追打，我和娘在屋子裡繞著跑，之後奶奶護著我說這只是小孩淘氣，最後當然是不了了之。

現在想想，當時為什麼要偷呢？偷摘的水果不怎麼好吃，只是因為看到樹上的水果黃了紅了，我們幾個小夥伴就起鬨的爬上樹梢摘果子。那些家裡的糕點，只要等放涼了，就可以通通進入我的五臟廟，「偷吃」時還熱呼呼的，嘴被燙傷了幾次都沒得到教訓。至於那次撿到的小石磨，原來正好是當木匠學徒的大楞子做了要送我的，大楞子來

我家玩，在路上丟失了那個小禮物，沒想到我竟然撿回家擺著。隔了好幾個月大楞子又來到我家，當他看到房裡的小石磨，竟然還舒了一口氣，開心的說：「喔，原來我已經送給你了，我還以為我弄丟了呢！」

想起那時的淘氣真讓人臉紅，大費周章的去「偷」，根本是沒必要的事情。想偷東西，一定得偷最貴重的東西。我努力回想家鄉是否曾有人家的東西被偷過？我住的村莊只有幾十戶人家，大家生活都很簡樸，沒有那種特別富有的人，家家戶戶也幾乎是夜不閉戶。記得小時候，住在崗頂謝家莊的謝老爹，在市集擺攤時，因為溜到遠處小解，回來時發現自己擺滿一地的杜蘅草，居然被一頭野驢吃得一點也不剩。謝老爹回到自己的攤子，那頭笨驢還毫不在乎的咧嘴嚼著嚼著，看到一片凌亂的模樣，謝老爹心

疼得當場掉下眼淚。

杜衡草到處都可以看到，溪澗、山谷、路邊、石縫、甚至潮濕的屋頂，只要稍加留意，就不難找到。它的葉子像一顆顆圓圓的愛心，綠色的葉片上，還有著深綠、淺綠潑灑著不同的紋路。雖然葉片看似很普通，但卻有很多用處。新鮮的綠葉搗碎，可以治療脖子上長出的大瘤；被蛇咬傷時，拿這草葉泥敷著，也有速效。杜衡有股特別的香氣，那香氣像是香草蘼蕪，有人喜歡收集放在屋子、櫥櫃裡，曬乾之後，滿屋子都是香氣。杜衡好用的地方不僅是薰香室內，它也有著馬匹特別喜歡的氣味。要騎馬出遠門的人，都會佩戴著裝著曬乾杜衡的小香囊，說這樣馬兒就會特別乖巧聽話，跑起來也特別快。謝老爹回到自己攤位的路上，已經碰到一個馬戶，正好需要一大批杜衡草，兩

人有說有笑的回到攤子，就看到笨驢開心的嚼著綠葉。

這麼尋常的野草，卻可以賣到很好的價錢，是因為杜衡草太難收集了！它不是成片成片的長，它就是東一撮、西一撮，跟其他許多青草長在一起。可以說是哪兒有泥土、哪兒夠潮濕潤澤，哪兒就可以看到杜衡。攤子上堆積如山，一束一束整理好準備賣出的杜衡，謝老爹不知道花了多少心血。沒想到一個輕忽，就便宜了那頭沒有主人的野驢。野驢吃了能像馬一樣馳騁嗎？

辛苦採擷的杜衡被野驢吃得一乾二淨，謝老爹無奈的把收到的訂金退回給馬戶。看到這光景，身手矯捷的馬戶，隨手拿了條繩子，兩三下就收服了那頭驢。

「老爹，牠偷吃就讓牠為自己負責，你讓牠整天推磨吧，這驢子就讓你牽回去。」周圍的人看著馬戶收拾驢子，

忍不住拍手叫好，原本涕泗縱橫的謝老爹這下也破涕為笑了。

來我們藥鋪子，該偷什麼？我想著這個問題。師父在睡前丟的那個問題，乍看之下很簡單，但卻好難回答。任何人、任何時候，只要他想進到藥鋪子，完全不需要花費什麼力氣。因為，藥鋪子是一個根本沒有上鎖的地方！唯一一間有「黃銅鎖」的房間，在雙兒離開之後恢復了原狀。其餘裡裡外外幾道門，都只有橫木棍拴著，幾扇窗戶也只有竹編扣環，天黑時我和師父會把那些門閂扣環通通扣上。要打開這些扣環或短木栓都很簡單，從外頭輕輕一撥就可以拉開，只打算用來防風。這裡在半山上，有時大風颳起，外頭的落葉全往屋子裡灌，掃也掃不完。

竊賊闖入，就是要偷東西，既然要偷，就要偷最貴重

的東西，但哪些才是最貴重的？價值該怎麼訂定才好？簡單的杜衡草，經過整理之後，尋常的野草也增添了許多價值。要是真的有那種最貴重的藥材，識貨的竊賊拿走了，他真的知道該怎麼用嗎？

這些問題困擾了我一整夜，儘管我努力提醒自己要照著師父說的調息，努力聽著自己的呼吸聲，一呼一吸、一呼一吸……還是久久不能熟睡。

第二天一大早，太陽已經照進我的房間，沒想到我居然睡到日上三竿！昨天苦思一整夜，不知道什麼時候睡著的，豎起耳朵，大廳裡充斥著吵雜的聲音，等我漱洗好走到大廳，看到毛叔、龍叔還有常來幫忙的徐伯，他們和師父圍成一圈，看到我，師父沒多念我貪睡，只是招招手要我過去：「小難，你說說這是什麼？要是你看到，會怎麼

處理？」

在招搖山已經快兩年，從一開始什麼都不懂，到現在對於不同的藥材、病症，都有粗略的認識。我最喜歡師父考我辨識不同的藥草，那可不能亂猜，得仔細看看草葉外觀、聞一聞氣味，有時還得摘下一塊葉片搓揉，仔細嘗一嘗味道。第一次看師父這樣做，我想到的就是神農氏「遍嘗百草」。

師父會把外型相似的藥材放在鄰近的百子櫃中，說這樣比較容易分類尋找，我不知道弄錯了多少次，被糾正時都有點不好意思，但也就是這麼一次次磨練，我也一次次的記得更清楚。許多藥材長得很像，簡直就像是兄弟一樣。像是同樣都是深褐色小粒狀的紫蘇子和菟絲子，它們個頭差不多大，都是扁扁橢圓的球形，但是藥效迴然不

同。紫蘇子可以消痰，咳嗽氣喘時可以加一點在方子裡；菟絲子藥性溫和，元氣不足時腰痛、頭暈目眩，方子裡會加上這一味。要辨識兩種藥材，除了經驗，還有一些訣竅。我記得當我弄錯的第三次，師父各抓一把放在棉紙上，要我仔細分辨。不用急匆匆的抓藥，所以我用很多時間細細觀察，這時才真正發現它們還是有很大的不同。紫蘇子的顏色稍微暗一點，質地比較脆，用指甲就可以壓碎，壓碎之後裡頭有些淡淡的香氣。菟絲子顏色偏棕紅色，外殼堅硬壓不碎，聞起來不是香氣，而是一種有點嗆人的辛辣氣味。它們的種子外殼看起來也不太一樣，紫蘇子外殼有隆起的暗紫色紋路，像是網子一樣密密麻麻的，讓我想起奶奶自己織的麻布；菟絲子外殼有突起的深色小點，像小孩發疹子似的有點凹凸不平，外皮有一道明顯的縫，鼓鼓的

種子上的縫，就像誰把肚子吃得撐破了，只好拿線縫上。兩種非常像的藥材，用途可完全不一樣。咳嗽氣喘有痰，得用紫蘇子；要是睡不好、缺乏元氣，就得在方子裡加上菟絲子。

這次，又是什麼樣的東西要考考我呢？我湊上前，一開始沒仔細看，以為毛叔他們搬來的是什麼礦石，沒想到這時這顆「大石頭」居然稍稍動了起來。啊，昨晚困擾我一整個晚上的問題，現在我有答案了，要是竊賊來，他應該偷藥鋪子最難取得的藥材，那就是——我脫口而出：「龜板！」

我說得太大聲，幾個大人都嚇了一跳，師父笑了起來：「小難，牠還是活的呢，是要你說說這像什麼。」

像什麼？不就是烏龜嘛！在南山附近的杻陽山，有條

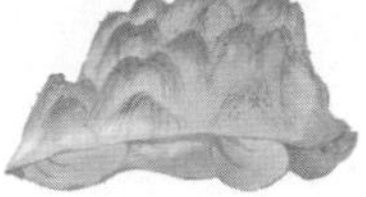

怪水河，河裡就有許多有著漆黑發紅發亮硬殼的龜，只要有人需要，師父就會託龍叔或毛叔幫忙找。捕捉這種龜不用投什麼誘餌，而是必須不斷的在船邊拿著兩根木棒彼此摩擦敲打，發出類似劈木材的聲音。這種黑殼龜就會自動靠近，牠們有著和蛇一樣長的尾巴，腦袋像老鷹一樣，當地人就叫牠旋龜。

沒錯，就跟傳說中的長壽異獸旋龜長得一模一樣，傳說中，旋龜是大禹的坐騎，體型龐大力大無窮，大禹治水的時候，牠就背著息壤跟在後面，沒有牠可能上古那場大洪水到現在還沒完沒了呢！旋龜立了大功，也因此留下美名，之前師父在平逢山遇到當地山神驕蟲，不愛跟人打交道的驕蟲年歲無法計數，長壽的旋龜是祂少數的朋友。

當然，怪水河中的旋龜不是神獸，而是藥材，有人耳

朵失聰聽不清楚，或者手腳長繭疼痛難行，這時師父會要我拿「龜板」磨一小撮粉在方子裡。

在師父這裡學了很多處理藥材的方法，龜板一定是最麻煩的。龜板指的是烏龜的外殼，要先浸泡清水中三十到四十天，讓皮肉筋膜自動消去，之後清洗曬乾到無臭無味。才只是生龜板，就已經處理了超過一個月。乾燥的生龜板還是有點腥臭味，不適合放櫃子裡保存，要再用乾淨細沙炒黃之後多次清洗，浸泡在白醋裡再完全曬乾……

煉製藥材需要耐性，但製作龜板一定是其中最麻煩的。所以，竊賊假如識貨的話，他該偷龜板！

「小難，我知道你說的是旋龜，但是，這隻不太一樣，你仔細看看。」師父微笑的提醒我。

龍叔說他們的船隻在怪水河中，因為沒人需要藥材，

所以沒想特意捕捉旋龜，這隻龜在水中載浮載沉，看起來似乎已經受了傷，所以被撈了起來。龜殼雖然也是深色的，但仔細看跟印象中的旋龜不太相同，這深色的殼不是黑得發紅發亮，而是有些墨黑的深綠；旋龜的外殼如同平整排列的瓦片，這隻龜的外殼凹凸不平，像是嶙峋的石頭山。可能是受到驚嚇，剛剛稍稍動了之後，龜就趴著縮頭縮尾的，讓自己像一塊石頭。

「南山先生，讓我們覺得奇特的是，這隻龜在水中划水時，搖擺不定姿態怪異。我們撈起來之後，發現牠只有三足，前端兩足正常，不知道是被什麼咬掉了其中一隻後足了嗎？可惜現在牠都縮進殼裡，一時看不到，不然您可以幫忙牠醫治看看。」

「你們看到牠被咬斷的切口嗎？有流血嗎？」師父一

問，原本低著頭看著地上的人，全都抬頭看了看師父。是呀，有三足的金烏，也出現過三足的怪鳥酸與，會不會也有三足龜呢？

「這……南山先生，我們都沒注意到，想說牠既然出現在旋龜會出現的水域，又少了一條腿，應該是被什麼咬掉了，難道您說牠原本就是三足龜？」

「只能等牠探出頭與足，才能下定論了。」大家都在等，只是這隻龜氣定神閒的，不管我們在牠身邊怎麼討論，牠都不肯探出頭與足。

「之前曾聽說過三足龜，但此物太稀奇，藥效也太強，我們這裡還沒有這味藥。從我們這裡往西，到中山系的大苦山，那是一座滿山黃玉的小山丘。大苦山的山陽那側有條狂水大河，河裡就可以找到三足龜。」

「大苦山離這裡很遠，但江河入海，水域都是相通的，說不準這三足龜也愛好雲遊四海。若這就是您說的三足龜，那又有什麼特別呢？」

「三足龜難得一遇，若是讓人遇到，那就是牠們生命將盡的時刻。因為牠們的肉與龜板，都是上等的藥材。據說，若是食用新鮮龜肉，可以不生大病；若是定期服用龜板粉末，身上就永遠不會長出腫瘤。」

「南山先生，這麼說，常服用這方子，不就可以長命百歲了嗎？」

「是的，是有這樣的藥效，只是，我沒聽過有人成功的……」

「為什麼？是方子不對嗎？」

「不是，是因為沒有一種藥可以一吃見效，所以就算

是保證延年益壽的神方，也不是只吃一兩帖就能看到效果。三足龜極為罕見，就算抓到了，做成方子，那分量夠吃多久？總不夠吃上一輩子吧！假如像小難這個年齡的人吃了，我說吃了可以活到百歲，我這個大夫也看不到結果吧？若是你我之輩，會想要這樣長命百歲的念頭嗎？」

師父這麼一問，屋子裡的四個大人都笑了起來。

長壽好不好呢？我本來以為一定是大家都想要的，但也馬上想起奶奶每到天氣濕冷時，總是一邊撫摸著自己的膝蓋一邊埋怨：「唉！這老骨頭真不中用！」

「這龜平時老躲著人，就因為有讓人延年益壽的美名，可惜這美名卻沒辦法讓牠自己保命，第一個沒辦法延年益壽的就是牠自己。」徐伯這麼一說，連我都心領神會的點點頭。

「南山先生，那這交給您了，可以嗎？」

看到師父點頭，我急著問：「師父，這也要炮製成龜板嗎？」

「小難，你是忙上癮了，牠還活生生的，我們也還有幾塊龜板，夠用就好。」

「那您要拿牠做什麼呢？」

「牠存活在這世界，時間比你我還久得多，也許牠懂的道理，也不是我們能明白的。我就當牠是個客人，倘若牠受傷，我幫牠醫治；倘若牠不嫌棄住在這裡，我們就供餐供住；倘若牠真的死去，小難，那麼就交給你炮製吧！」

聽到這席話，地上原本像石頭一樣文風不動的龜，好像得到什麼心安的保證似的，這才開始探出頭與足，也讓所有的人都看到牠那貨真價實的「三足」。牠走路時，兩

隻前足一前一後的划著，那隻巨大的後足像是篙一樣的撐著，像座小山一樣的身軀，就這樣輕輕緩緩的搖著晃步。

這隻三足龜，就成了藥鋪子的客人，牠還得到一個跟牠的動作完全不一樣的名字，師父叫牠——疾風。

每當夜深人靜的時候，我都認真的照著師父說的調息呼吸，一呼一吸之間，我的耳朵在夜晚調息練氣時，總會特別敏銳，這時疾風在屋子裡移動，幾乎聽不見的聲音，我也聽得特別清楚。

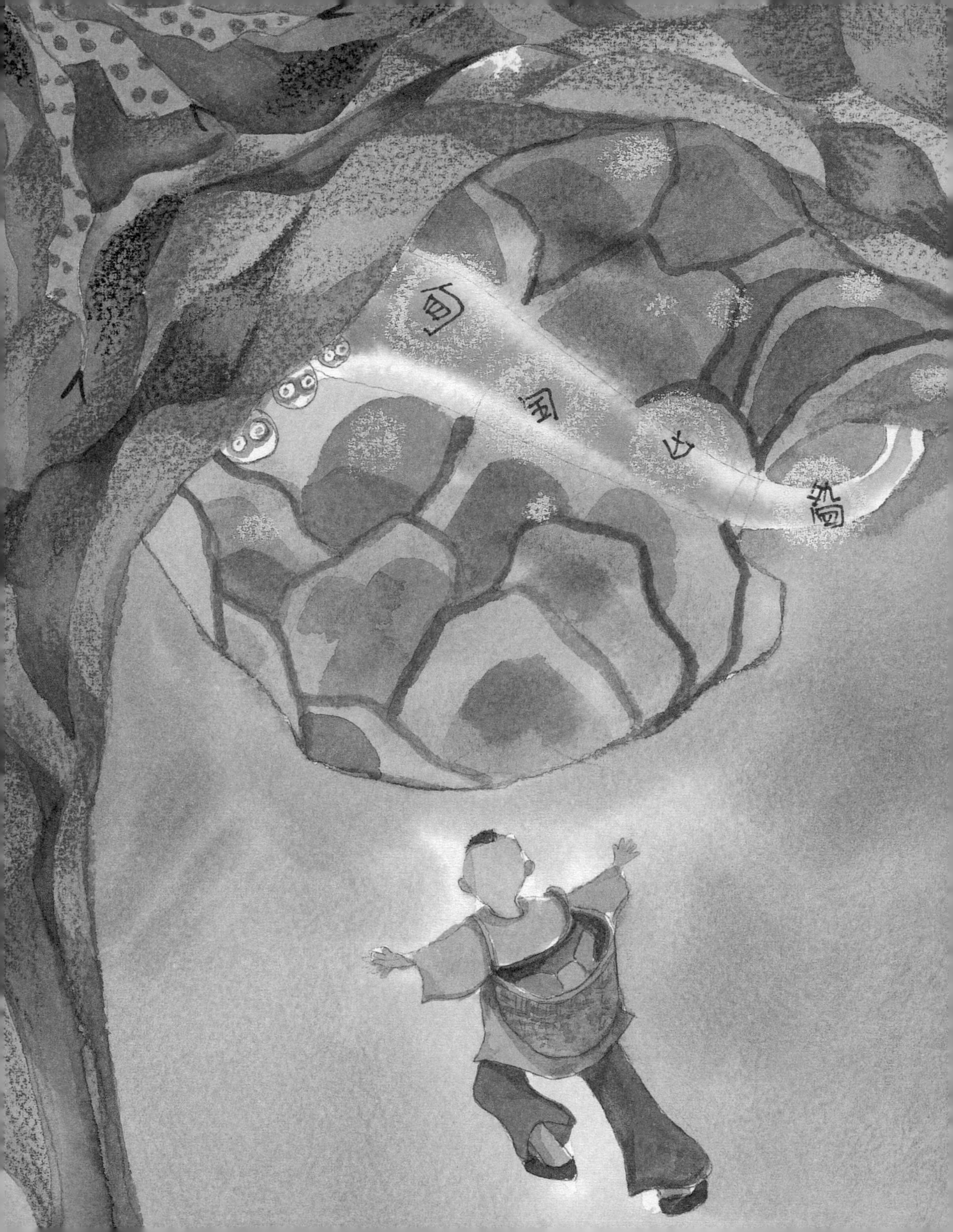

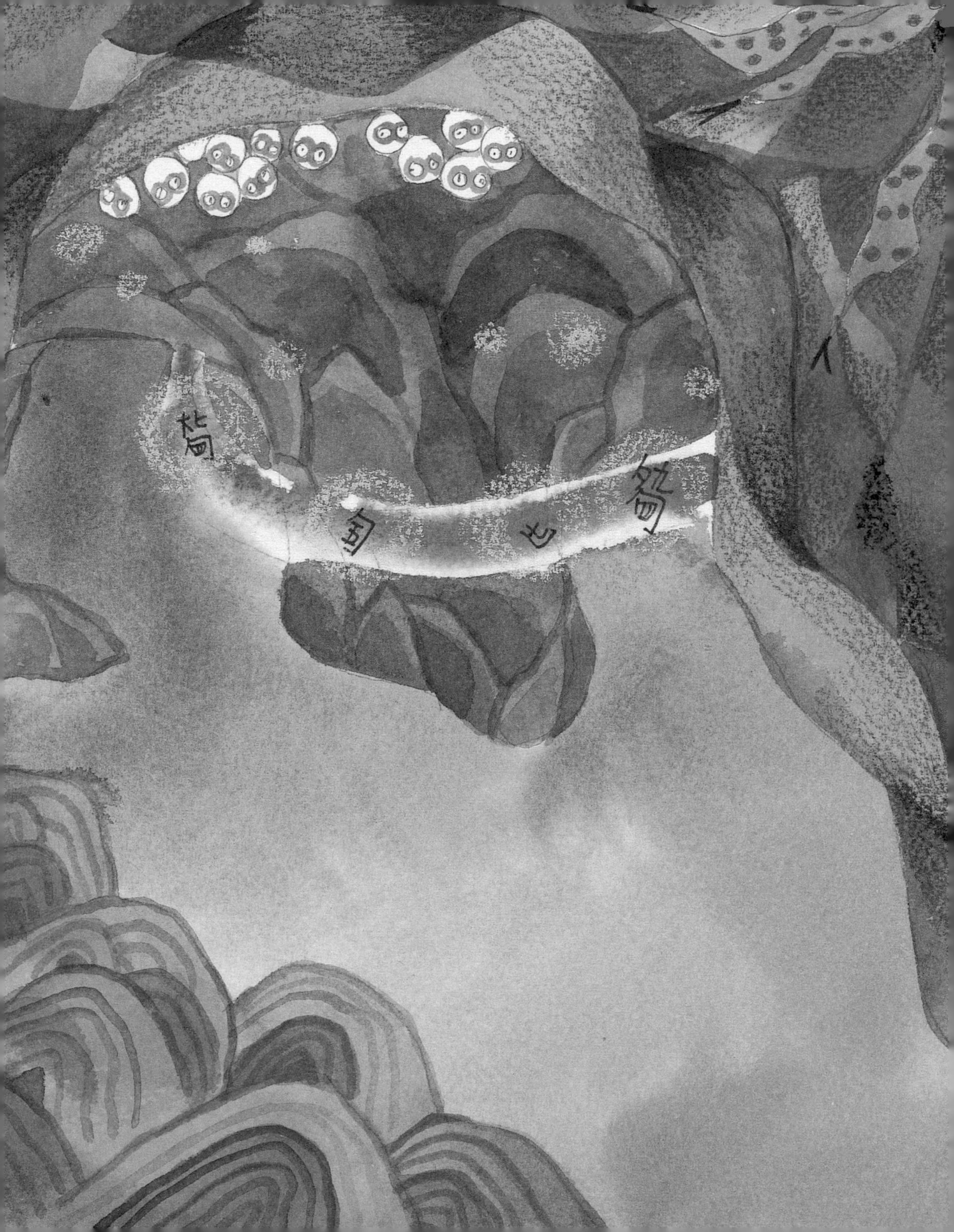

三．日有所思，夜有所夢

……我一個人從山崖邊上的小路上走著走著，山崖沿著山壁，底下是深不可測的溪谷。小路一開始還可以正常走路，但是走沒多久，路變得極其窄小，可以踏足的地方跟我的腳掌差不多寬。我想後退，卻沒有退路，只得側過身子面向山壁繼續前行。

我背著採藥竹簍的後背懸空著，腳尖用力深怕不小心踩空。幸好石壁是乾燥粗糙的，讓我的雙手可以緊貼著用指腹使力抓住支撐，每一步都得小心翼翼的走著……走到小路中央出現一處山洞。兩腳終於可以平穩的踏著平地，

我趕緊走進山洞。沒想到裡頭不斷出現岔路，有時兩個岔路，有時三個岔路，岔路一個又一個的出現，要選哪一條？一開始我會丟一小段竹簍裡的藥草做記號，但抉擇要往哪條路走，到後面變得越來越困難，讓我不知道該怎麼辦才好。遠方傳來隱隱約約的古琴聲，低沉和緩的節奏，應和著山洞裡的風聲，我隨著琴聲一直走下去，走到山洞盡頭，居然是一堵石壁，順著石壁往上看，幾丈高的地方可以看到一個小洞，洞口還有草葉搖晃的影子。石壁陡峭，可能只有猿猴才爬得上去，只剩那個方向有出口，難道我必須回頭嗎？

當我正躊躇時，原本在石壁右方平台上的巨大物體，突然發出宏亮的聲音：「嗨！小難！」一個人轉過頭，我看見咧著笑的大嘴，高聳的顴骨像兩顆小桃子。那是人？我原本以為是土堆或是大石塊呢！

「啊——」我總是在這時候驚醒。

這是最近這陣子，老是出現在我的夢境中的情節。夢裡無論是走山崖、進山洞甚至看到那位奇怪的人，都像是真實發生著一樣。第一次做這樣的夢，那天我一整個白天都在西南邊的山麓幫師父採藥，雖然一路順利，沒經過什麼山崖，當然也沒有那個走到底卻沒有出口的山洞，但是我想應該是想著白天採藥的情形，所以才做這個夢。第一次我並不以為意，但那天之後，隔了一陣子，類似的夢境又再度出現，我開始有點疑惑；沒想到這樣的夢境竟然像月圓，每隔一陣子就會出現一次，夢中都是類似的懸崖邊小路，也都同樣會鑽進一個深不可測的山洞，最後總會看到那個只跟我打一聲招呼的人。

這是怎麼一回事？為什麼會有不斷重複出現的夢境？

為什麼夢裡的一切都那樣的真實？

一次又一次的走到山洞盡頭，也一次又一次的看到那個人，我清楚地記得那個人的輪廓與形貌。他是一個長相魁梧，方臉大耳，虎背熊腰的男人，年紀應該跟爹差不多，或者更老一點，因為他下巴滿是落腮鬍子，鬍子與粗黑的眉毛糾結連成一氣。因為是盤腿坐著，看不出他的個子到底多高。

他是誰？

那個人的招呼並不嚇人，因為又圓又大的眼睛，似乎有滿滿的笑意。我只是有點訝異，為什麼他知道我的名字？除了訝異我還有一點點懊惱，想著自己為什麼總是在同樣的時間就醒來，假如夢再做久一點，也許我在夢中就可以問個清楚。

但是，誰會把夢裡頭的事情當真呢？

這個疑惑藏在我心底好一陣子，直到有一天，徐伯送來一簍新鮮的石榴，一顆顆碩大渾圓透著香氣。初夏正是石榴的季節，在家鄉時，也是差不多這個時節會看到，只是，在招搖山這裡，沒聽過有人種石榴呀！

「您種的？」我接過石榴，一邊招呼徐伯一邊問。

「我哪種得出來呀，是我的遠房親戚送來的。」

「來作客的嗎？」

「不不不，他們來逃難的。」

逃難？又有哪個方國發生戰爭了嗎？看來到處都需要御兵神獸鎮壓，才能天下太平。

徐伯一邊擺手一邊說：「不不不，這也是我要來請教你師父的事情。我那遠房親戚，他們要逃的不是兵戎之

災，而是夜夜纏繞不去的夢魘……」

夢魘？是做噩夢了嗎？怎樣的夢叫噩夢呢？我想到讓我困擾的夢，那算是噩夢嗎？徐伯說到這裡的時候，師父正好出來。我話聽到一半，原本要打掃小蘆花的雞窩，卻進進出出不時來送水、送果子、掃地，師父看出我的心思，笑著說：「小難，你把後堂那小竹盤上的生大黃拿來這裡切片吧，我看你心思都在這裡了。」

上半個月吳嬤嬤來，帶著她最小的孫子東東，平時看到東東在田野間奔跑，活蹦亂跳的像匹精壯的小馬，但只要他被帶到藥鋪子，就是身體又犯了病。所以他每次來，都是一副苦瓜臉。那天他來到時，小臉皺在一起，走路像小老頭一樣彎著腰，走沒兩步就要賴要人抱。師父把脈之後說：「這不礙事，這孩子幾天沒解便了？」吳嬤嬤努力

回想，想不起上次東東解便的時間。師父要吳嬤嬤摸摸東東的肚子：「您摸摸這裡，是不是有硬塊？東東大便祕結，應該有三四天了。拖了這麼些天，他更不想解便了。」

「那我要給他燉些什麼補品嗎？」吳嬤嬤一身好手藝，還常把做好的菜餚送過來。

「不不不，暫時別再給他進補了，他是不是已經不舒服有一陣子了？」師父一問，吳嬤嬤立刻點頭，還強調：「是啊，已經無精打采好幾天，我給他燉了當歸雞湯，他還不太肯喝，哄了老半天。」

「他有些風寒發熱，您又給他吃得這麼滋補，解便就更不容易了。您先為東東準備清淡一些的飲食，多喝點水，再為他搓揉合谷、關元這兩個穴道。小孩不愛喝苦藥，我等會兒讓小難磨一些大黃，您回家加些白酒調成糊狀，

幫東東外敷肚臍眼。」

東東這個小傢伙跟我以前一樣多災多難，很久之前是長了滿身奇怪的疹子，現在又是大便祕結，吳嬤嬤照顧得那樣小心翼翼，卻反而適得其反，老是生病。那天用光了百子櫃裡那幾片生大黃，所以師父要我趕緊去挖一些回來，那時候挖回的大黃已經曬了幾天，可以切片了。

得到師傅的允許，我就把那一盤大黃和切刀搬到大廳，一邊工作一邊聽徐伯和師父說話。

徐伯說，有鳳村那裡到處都種著石榴，每家每戶都種了好幾棵，他們那兒的石榴別有來頭，據說第一棵是許久前，村中長老巫老先生帶著一行三個人，從非常遙遠的大荒之地移植到村子裡的。那年村子裡發生瘟疫，長老們為了尋找能治病的奇花異草，一路西行。他們行經橫石山、

九陽山、洞野山那一整片險峻蠻荒之地，走到又累又餓，汗涔涔而視茫茫，步履蹣跚虛脫得幾乎快死去。這時，他們看到高山頂上，居然有一把巨大的火把，火紅的、橙紅的，亮得跟懸日輝映。三人揉揉眼睛再仔細看看，才看清那哪是什麼火把，而是一棵長滿紅花的巨木。巨木開著紅的花，綠的葉子，三人在樹下找到許多小苗，就把小苗挖了幾棵帶回家，想看看這是什麼稀奇之物。

回程時，附近的人聽到他們的路程都嘖嘖稱奇，還說他們真是膽大包天。因為那棵山頂的樹是神樹若木，也是每天太陽女神羲和與十隻三足金烏——也就是她的十個兒子——歇息的地方。每天早上，太陽女神帶著兒子們從東邊的扶桑樹往西邊行進，他們走一整天，最後在若木樹上睡覺。每一隻金烏都是火紅的太陽，他們好奇又熱情，看

到人就想親近，卻也因此常把人灼傷，三位長老能剛好避開金烏們可真是幸運。

那些樹苗帶回有鳳村種植，雖然沒有長得這麼巨大，但是每年都開著同樣豔紅的花朵，大概七八年之後，樹上結了一顆顆紅紅的果子，就跟石榴一模一樣。有鳳村原本就有石榴樹，長老們帶回來的雖然葉子有點不同，但是結出來的果子卻特別好吃，長得也特別快，不像其他石榴七八月才結果，幾乎是夏天一到，就可以開始摘果。每年初夏開始，那裡就可以看到滿樹紅豔豔的石榴花，到了初秋結果時，結實纍纍的紅石榴，就像一個個的小燈籠，非常壯觀。有大半年的時間，有鳳村的石榴樹，遠看都是紅通通的，像大火把。

我聽得入神，我也喜歡石榴。家鄉後院就有一棵，奶

奶最愛吃，因為奶奶缺了幾顆牙，娘就用一個小缽把石榴子搗碎，讓奶奶可以慢慢嚼著吃。奶奶總說，石榴季節來臨的時候，她的關節痛就會舒緩一點。徐伯說完，我插了嘴：「徐伯，有鳳村真是好地方，要是我奶奶住在那裏一定特別開心，她老犯關節痛，每次都痛得哎哎叫，每次哎哎叫我們全家都著慌。我家只種了一棵，有鳳村有這麼多石榴，我奶奶一定很想住在那裡。那裡種了這麼多石榴，難道有很多人都犯了關節痛的毛病嗎？」

「關節炎？不不，剛剛我不是說過了嗎？他們是逃過來的，那裡種石榴是想驅鬼的，可是鬼魅似乎越來越難以控制，所以他們才想離開故里。」

驅鬼？這更讓我好奇了，石榴要怎麼驅鬼呢？我知道石榴除了可以讓奶奶的關節痛舒緩一點，也能治些小毛

病。假如我胃口不佳，娘也會弄一點石榴汁讓我開胃；有一次我火氣太大口舌生瘡，張嘴都不舒服，娘把石榴連子研碎泡水，讓我每隔一陣子就含石榴水漱口，這麼做兩三天後，嘴巴的爛瘡都收口了。石榴不是吃的嗎？怎麼拿來驅鬼？又是驅哪裡的鬼？這麼做有效嗎？

「我那遠房親戚一家子大大小小有八口，前一陣子浩浩蕩蕩的從有鳳村出發，乘船坐車花了好幾天過來，他們說再也受不了夜夜夢境糾纏，希望離開有鳳村之後，就能脫離有鳳村的魔咒。」

接著，徐伯緩緩道來多年前發生在有鳳村的怪事。

有鳳村在招搖山西北邊，除了多年前那場瘟疫，之後的日子一直寧靜平安。有一天不知道從哪裡飛來許多鳥兒，盤據在村子唯一那條溪流上，那些鳥兒身上有奇異的

彩羽，一搧動翅膀就有奇幻波光流動。太陽一照，鳥兒一邊戲水一邊鳴叫，揚起的水花就形成一道道的彩虹。

第一個注意到的是個牧羊小夥子，他正趕著十幾頭羊經過，就在水邊看了老半天，羊都迷途了仍不自覺。這些彩羽鳥在水邊待了很長一段時間，村子裡的人幾乎都跑去看了，沒想到鳥兒一夕之間消失。從那時候開始，村子裡的人夜裡就開始作夢。每個人的夢境不盡相同，有的夢璀璨綺麗，有的夢晦暗孤冷，相同的是夢醒之後，許多人開始失魂落魄，彷彿少掉了什麼。

長老巫老先生年紀更大了，他平時會為村民占卜解惑。看村民蜂擁而至，都是為了夢中情境困擾，所以那時就要大家再種更多石榴。石榴花是五月的花神，這花神不是婀娜多姿的美女，而是虯鬚怒目，青筋暴露，相貌猙獰

的鍾馗。鍾馗才華出眾、武藝超群，在當年的進士科考中，原本是第一名。可惜皇上召見時，看到他長得這麼醜，認為不符金榜狀元的頭銜。性格剛烈正直的鍾馗，竟然就在金殿上自刎。他後來被閻羅王任命為「驅邪平鬼大元帥」，領著有神威的青銅寶劍，誓言斬除所有的妖魔鬼怪。

巫老先生認為村民老是作夢，一定是邪魔纏身，石榴花與石榴果都是豔麗的橙紅，給人正氣凜然的感覺，

村子裡的石榴又有那麼特別的來歷，帶著鼎盛的陽氣，一定能驅趕邪魔。巫老先生建議之後，原本就有很多石榴樹的有鳳村，又種了更多石榴花，目的就是希望花神鍾馗時時守護著。

「徐伯，您不是說那是十幾年前的事情嗎？那些彩羽鳥一定早飛走了，他們還做夢嗎？」

「是的，只要夜幕前腳踏進，夢境就隨之在後。即使後來新生的

孩子，從來沒見過那些彩羽鳥兒，也如同大人一樣，懂事之後就開始做夢，幾乎夜夜有夢。」

「他們都做可怕的夢吧？所以才希望別再做夢？」

「也不是全然噩夢，有不少人是做了好夢，但不管好夢壞夢，都讓村民苦惱。哪天沒做夢了，那個人醒來就會特別的高興。」

這我就不懂了，假如做的是好夢，那繼續做夢不是很好嗎？當我這麼問，師父微笑的問我：「小難，好夢是真的好嗎？」我還是點點頭。

「真的嗎？假如做了一個功成名就、五子登科的好夢，醒來之後發現一切如雲煙，那麼這個人的心情會怎麼樣呢？又假如做了一個家破人亡、災禍連連的壞夢，醒來後發現其實是假的，可是夢中真實的情景又歷歷在目，這個人的心情該變好還是變壞呢？」師父還是微笑的問我。

我愣住了，想不透其中的關聯。徐伯卻馬上心領神會的說：「南山先生，小難還小，他很難領略『人生如夢』的感慨。我那些親戚雖然離開有鳳村，夢做得少一點，但有時還是被夢境纏繞著，彷彿白天一個世界，晚上另一個世界，真真假假，虛虛實實都弄不清了。這種狀況您遇過嗎？有得解嗎？」

徐伯問的時候，我心裡還覺得怎麼會這麼問，儘管師父是個仁心仁術的大夫，但是想也知道，世界上怎麼可能有這種方子？一個人的夢究竟怎麼來的，誰也不知道，再高明的大夫也不知道，也不知道病人什麼時候會做夢，這要怎麼醫治呢？沒想到師父居然說：「很巧，我正好有，還不只一味。」師父告訴我三個百子櫃的位置，我打開那

三個小櫃子，裡頭恰好都只剩下一塊，每塊大小大概就跟半個拳頭差不多大，看起來都像是一段段的木頭，只是顏色從淺到深正好三階，聞起來也各有各的味道。

「徐伯，這幾味都有『服之不眯ㄇㄧˇ』的療效，所謂『眯』，指的是夢魘，『服之不眯』也就是吃了不會做夢的意思。您拿回去給那些親戚服用。藥材我備得不多，您找個磨板，把這幾塊磨出一些粉，日日搭配餐食飲水服用即可。」

徐伯捧著那三塊我用棉紙包妥的藥材，好像拿到什麼珍寶似的，誠惶誠恐的說：「南山先生，您真好，我每回送東西過來，都像拋了磚引回了玉，真是不好意思。」

「這有什麼不好意思？你儘管拿去，我和小難都用不著。」

師父這麼說的時候，我差點說：「我也需要，我最近總

是做同樣的夢呢！」可是心裡又有個奇異的念頭，讓我忍著不說出口。我想得是，倘若服用那幾味藥方，真的忘了所有的夢，從此夢中不再出現那位老先生，那會是我想要的嗎？

徐伯拉開衣襟，小心翼翼的把棉紙包揣進懷裡，之後再仔細地綁好衣帶。他很感謝的說：「這東西是什麼？一定很貴重吧？」

「這東西當年是無心插柳取得的，放了這麼久，原來是為著府上的稀客來著。東西要用得到才算是好東西，它們已經放了好一陣子，能從百子櫃裡出來透透氣也好，您放心的拿走吧！」

師父總是無時不思，無藥不用，百子櫃裡還有許多藥材，都是經年累月的放著，還派不上用場。這三塊「木頭」又是怎麼來到藥鋪子的呢？

四·繽紛夏日的過客

每個節氣都有不同的歲月靜好，但是我特別喜歡這裡的夏天。

藥鋪子在半山上，周圍綠樹圍繞，即便是酷熱的正午時刻，這裡也比其他地方涼爽。立夏之後，天氣變得晴朗，春雨綿綿的天氣變得清爽。雖然說藥鋪子隨時都歡迎客人，但是夏日蟬鳴變得聒噪，來這裡的人也變多了。我喜歡許多人來，人來了笑聲也跟著來，原本要我跟師父一起做的活，來的人越多幫手就越多。許多客人把自家產的糧食、蔬果、糕餅、香料……當作禮物送來，也帶來招搖山

平時見不到的東西，有的是花草樹木，有的是蟲魚鳥獸，師父總有辦法把東西炮製保存。客人跟師父聊天，身上的疑難雜症也順便梳理，我也有機會打開更多的百子櫃，有些甚至從我到藥鋪子直到現在都還沒機會打開呢！

有人從渠豬山帶來新鮮的竹筍和渠豬水裡特有的豪魚，那魚可真稀奇，樣子像大鮪魚，但長著尖尖的紅嘴巴，魚尾有像公雞一樣又長又多的紅羽毛，豪魚在水裡游的時候，看起來就像穿著寬裙子的女子搖曳生姿。我們先養在後院小池子，牠的魚尾揮來揮去游動的樣子真好看。這條豪魚實在太大了，半條魚燉竹筍，我和師父吃了一整天還吃不完，後來師父要我用炭火把剩下的豪魚肉角烘乾存著。正巧幾天後，有客人說身上長白癬，奇癢難耐，師

父給了他幾片豪魚肉角，要他拿回去燉夏日的瓜果食用。聽說那幾塊肉角還沒吃完，拖了好一陣子的白癬就痊癒了。

龍叔的女兒不曉得吃了什麼，滿臉的痤瘡，一顆顆的冒出像小山丘一樣，龍叔來的時候說起這件事情，急得六神無主，因為女兒變成這樣，以後怎麼嫁人呀！

師父聽了之後，要龍叔別著急，拿了一把乾燥的天嬰草，要龍叔把天嬰草磨成粉末，與少許珍珠岩和高嶺土混合，和成軟泥，再敷在臉上。說這樣多做幾次，痤瘡就可以治癒。天嬰草生在金星山，有著對生的葉子，長長的有半個人高，像龍骨一樣。我在整理清洗時，聞到涼涼

的氣味，就像是薄荷草的清涼。龍叔拿到後如獲珍寶，他女兒也馬上乖乖的照著做。當龍叔再次造訪時，臉上眉飛色舞的，說女兒臉上的痤瘡不但好了，皮膚更顯得細白美麗，這下子不愁沒人來提親了。

吳嬤嬤抱怨年紀大了，小孫子東東常把她氣得心痛。師父除了安撫吳嬤嬤，還給了她一些薜荔草。薜荔草原本長在溪山的小華山上，長長的葉子彎彎的像細長刀，之前賓客送來時，還帶著鬚根。薜荔草不像其他的草生長在泥土中，要把它種在石頭上或樹幹上，它的鬚根就會像爪子一樣緊緊的攀住石頭或樹幹，每天噴點水，葉子就長得飛快，師父要吳嬤嬤把草葉帶回去包餃子。吳嬤嬤隔了幾天，笑咪咪的過來，還帶了一大盤煮好的薜荔草餃子送我們。她說吃了果真不容易心痛，她在自家庭院也開始種這種草。

身體上的病痛來找師父，常恰好能找到適切的方子。師父開藥方，有的服用、有的外敷、有的佩戴聞香、有的直接煮一大鍋，在藥鋪子沒有那種讓人無法下嚥的「苦藥」。就算不是外觀能看出表徵的病痛，師父也願意幫忙排解。

有一天，李其縣官來，送了好幾顆大西瓜，師父要我拿到院子裡的冰窖凍著。每年冬天師父就會把冰窖備妥，門板有厚厚的稻草，這冰窖可以撐很久，酷暑時節，我和僕役大哥哥一起送進去時，都還有冷颼颼的感覺呢！這次來了兩個新的僕役大哥哥，其中一個又高又瘦的苗大哥，總是笑咪咪的，會陪我玩耍，他還做了一個風箏給我。只

是當我們到外面放風箏的時候，風箏線斷了，掉進了小河裡。河水湍急，我看苗大哥離小河比較近，大聲嚷著要他趕緊下水撈起。沒想到他的臉卻立刻刷白，我在遠處看到那個紅色的風箏隨著水流越漂越遠，苗大哥卻一步也不敢向前，明明河水一點也不深，河床上還有一顆顆的石頭，踩踏著石頭就可以去撿那個漂亮的風箏，他為什麼不去呢？我叫了好幾聲，苗大哥卻充耳不聞，最後還是我自己沿著小河跑了好長一段路，才把那個風箏撈起。其實我早就發現，苗大哥走過河邊總是戰戰兢兢的，再淺的地方他也不敢靠近，怎麼有這麼不諳水性的人啊？

當我濕漉漉的回到藥鋪子，師父和李其縣官看了都笑了出來。這時李其縣官才指著苗大哥說：「這傢伙一定沒

幫你對不對？」我點點頭。「平時操演靠近溪流河川，他都會嚇得魂飛魄散，枉費空長了這麼個大個子，我說他一定是溺水鬼投胎轉世的。」

苗大哥聽到李其縣官說到他，有些難為情，紅著臉低著頭，長長的手腳不知道要怎麼擺放。

「他這毛病我本當嚴格處置，哪有僕役不敢靠近溪流，那還能幫我幹活嗎？但知道他的過往，我也不好多說什麼了……」

李其縣官說到這兒，看著苗大哥，眼裡滿滿都是慈愛：「……這小子幼時住在龍江河畔，他爹是河上的擺渡人，有一艘船屋，一家人以船當家，終年都在河面上。聽說他原本也像是水中蛟龍一樣，常常從船上跳進河裡玩水。不過在他五歲那年，龍江河颳起怪風，一整排船屋都被捲到天上又摔回河面，事發突然來不及應變，後來只有他一個人被救起來……」

李其縣官說這段過往的時候，我偷偷瞥了一眼苗大哥，他的眼眶紅紅的，一定是想到自己的爹娘吧？我的爹娘還在，只是不能常常看到而已，我也還是常常想著他們，想著他們正在做什麼？會不會也想著我？苗大哥的雙親都已經沉到龍江底，怎麼也找不到了，他一定更難過吧？想到這裡，我有點過意不去，剛剛我心裡是怪罪他的，因為明明離風箏只有幾步而已，卻不肯幫忙，害我得跑得老遠。

曾經經歷過這麼驚恐的事情，難怪會怕水怕成這樣，

這應該是沒辦法克服的吧？沒想到師父聽了以後，低頭沉吟一會兒，跟我說：「小難，你把前一陣子烘乾的沙棗裝一袋過來。」沙棗是長在崑崙之丘的果樹，開著黃色的花，長著一顆顆像紅棗一樣的紅色果實，前陣子有人送來一大簍，我一直把它當成果子來吃。沙棗吃起來不像棗子，倒像是酸酸的李子，我會吃到停不下來，除了它多汁微酸之外，連核都沒有，可以吃得一丁點都不剩。雖然味道很合我的喜好，但因為太多了，實在吃不完，師父要我把炭火升起，炒成乾果收在百子櫃裡。炒成果乾之後，咬起來帶著澀味，我就不愛吃了，原本清脆多汁的果子，已經變得難以入口，師父為什麼要我拿過來呢？

師父拿給苗大哥，對他說：「水善利萬物而不爭，上

善若水，只是你對水能載舟覆舟，一定有特別的感觸。這沙棠棗是崑崙山來的果子，拿沙棠木製作舟船，能在水中安穩航行，就算驚濤駭浪，這舟船也不會沉沒；它的果子有御水之效，服用之後不會溺水，你也就不會再怕水了。拿回去後，每天服用一顆，泡茶也好，單獨吃也可以，這樣慢慢的就能免掉你對水的恐懼。」

原來我當果子吃的沙棠棗，居然有這樣的功效。可是我原本就不怕水的，吃了會怎麼樣呢？難道會變成水中的魚兒嗎？我突發奇想，想著這麼熱的天氣，能變成魚兒整天在水裡多好！

「小難，你真的這麼想嗎？」

我點點頭，魚兒可以在五湖四海任意優游，到哪兒都

自由自在的，不像人們得翻山越嶺，當魚兒多好。

可是師父微笑的問我：「真的嗎？你又不是魚兒，怎麼知道魚兒在水中是快樂的呢？」師父似乎又留給我一個很難回答的問題。

百子櫃裡的東西似乎無所不能啊！

李其縣官最近審閱卷宗曠日廢時，看得兩眼昏花，真的是髮蒼蒼而視茫茫，他苦惱的抱怨：「南山先生，許多人不知道看不清楚的痛苦，總是說又不是看不見。我好幾次因為想仔細看看來者是何人，瞪大了眼睛看，沒想到別人認為我無禮，心生不滿，真讓我有苦難言。」

李其縣官說話時總是瞪著又大又圓的眼睛，剛看到時總認為他正在為什麼事情爭辯，看久了就習慣了。

「昨天下午，我叮囑一個新來的僕役做事，吩咐完之後就低頭繼續忙著自己的事情。沒想到當我看完一落文檔，抬起頭看到那僕役居然還在書房，不但沒去工作，還大剌剌的坐著，悠哉悠哉的看著書。我一看氣壞了，立刻大聲責備，那個『僕役』居然也不逃不跑，還咧嘴笑咪咪的。等我聽到對方噗哧一笑，這才大驚。那個不是什麼『僕役』，是跟我約好來造訪的友人，他知道我眼睛不好，故意捉弄我，讓我罵了好半天，害我窘得無地自容……」

李其縣官說得這麼苦惱，但想到那樣的情景，大家還是忍不住笑了。一直以來他就有眼睛不好的毛病，平時會按照師父的提醒，備妥白菊花、決明子、枸杞這類藥材泡茶，最近可能公事忙碌，視力才會更加退化。

「我很擔心啊，我親娘以前是個繡娘，繡工極好，後來因為長年用眼過度，眼睛越來越差，她繡不了花，又沒什麼事可做，老說自己的日子沒啥指望了，我可不想變成那樣。南山先生，我這可有解嗎？還是我白菊花、枸杞、決明子那幾方，再多喝點呢？」

師父笑著說：「凡事過與不及，都是不好的，看來你最近用眼又過度了，我幫你換個方子好了，那是一種叫『穞』的豆莢，你帶回去燉雞湯喝吧！」

我從百子櫃拿出一大把乾燥的豆莢，還帶著青草的香氣，這拿來燉雞湯，不知道是什麼味道？

「這我沒見過，比那枸杞、決明子這些更好嗎？」

「雖然古人有『效不更方』這樣的說法，照理來說之

前用藥有效後面最好繼續這麼用，不要輕易的改變藥方，但是那得在症狀或脈象沒有變化之前，才能這麼做啊！聽你說眼睛狀況似乎比之前更差，所以得調整一下。籜是一種像葵菜一樣的藥草，葉子像杏樹葉，圓溜溜的多了一個尖尖尾。籜在春天開黃色的花朵，到了秋天長出一個個帶著豆莢的果實，吃了可以治癒眼睛昏花，我們先換這個方子，等你眼睛狀況改善，那枸杞、決明子、白菊花，還是可以繼續喝著。」

「既然此物這麼好，那我們招搖山也來種，也可造福更多的人。」

「此物的確甚好，我許久之前，在當地小住時，曾服用一陣子。服用過後不到半個月，就發現眼睛居然可以看

到幾里外樹上的葉子，還能追著飛鳥遁入晴空，牆角隙縫處的螞蟻都能看得清楚，彷彿擁有了鷹眼，十分神奇。我把籜草採回來試過栽種在招搖山，卻怎麼種都不成功。帶我找到這草藥的朋友住在薄山山系的甘棗山，他聽說我想種在招搖山，才告訴我在他們那兒，也不是到處可種，非得在當地的杻木樹底下，才能找到這種草。杻木葉子細長鮮嫩，居民們拿來餵牛餵羊，杻木枝條柔韌堅固，居民拿來彎曲做成車輪，這樹在當地處處可見，偏偏就是不長在其他地方。跟著杻木生長的籜草，自然也無法種在別的地方了。」

半山腰的藥鋪子，當涼風吹進，屋子裡透涼，真的是非常舒服的地方。夏日的陽光燦爛，夏日的花朵嬌豔，夏

日賓客熱情如同花朵與陽光，我真是愛極了這時的熱鬧。除了師父和我，已經來了快一年的小蘆花，也彷彿這裡的主人一樣，自在的在屋子裡走動，每當牠像公雞一樣叫著：「喔，喔——喔——」，沒見過的人總會嘖嘖稱奇。即使是大塊頭疾風，平時待在水缸旁的旮旯角，也會偶爾慢慢的踱步出來，像是跟大家打招呼。只要疾風一出現，周圍什麼都變慢了，大聲說話的人也忍不住靜下來看牠緩慢移動，疾風用另一種方式，告訴大家做事可以從容自在，不爭不讓。

許多來藥鋪子作客的人，都會約著下次再敘的時間，師父也都笑著說：「歡迎歡迎！」只有徐伯的遠房親戚，見面只是為了說一聲「再見」。

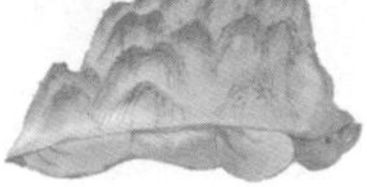

五．芸芸眾生的智者

大暑那一天烈日高照，徐伯帶著他的遠房親戚上門，大大小小、老老少少有八人，藥鋪子一下子就坐滿了。這些人已經在徐伯家待了好幾個月，打算最近幾天離開，因為發源於招搖山的麗麐河，是這裡通往外地的大川，夏天水量最豐沛，到了秋冬水流變得細小，稍大一點的船就出不去。

一行人進屋子坐定，一位滿頭華髮的精壯男子，穿著書生的長袍，拿出懷中揣著的棉紙包，畢恭畢敬的遞給師父：「南山先生，謝謝您，我們要回家鄉了，這藥材一

定很珍貴，還沒用到的原璧歸還，也許之後還有人用得著。」師父伸手接過放在桌上，關心的問：「症狀都好多了吧？」

男子說話聲音鏗鏘有力，從髮色看起來似乎是位老先生，但是臉上一點皺紋都沒有，面色紅潤，中氣十足，動作舉止溫文儒雅。我以為他是徐伯的長輩，沒想到他竟然只比我大一輪，還不到三十歲，得叫徐伯一聲「大伯」。既然這麼年輕，為什麼已經白髮蒼蒼？這位徐大哥嘆了口氣說：「南山先生您有所不知，有鳳村本來就是個多夢之村，村民從小就這樣了，大家也就見怪不怪。即便夢境擾人，但總有清醒的時候。但是，自從我連著三次科考落第回到家鄉，夜晚夢境纏繞的狀況更加嚴重，甚至感染同住在屋子裡的家人，大家的生活都失去了重心，我只好帶著他們逃離。」

徐大哥單名「進」，號「以退」，原本只是個守本分的鄉下秀才，在家鄉私塾當先生，收幾個孩子，拿一點束脩，日子倒也過得知足自在。但是有一天，他的父親徐老先生晚上做了個夢，夢見屋外鑼鼓喧闐，禮部官員捧著聖旨進屋宣讀，整村的人都在門外羨慕得探頭探腦。這時，官員也送上一套紅色新衣和官帽，並送

來一匹高頭駿馬，原來徐大哥高中狀元。接著，徐大哥穿上新衣跨馬遊街，鄉里的人都來道賀，徐老先生也得意得搖頭晃腦……

徐老先生把這個夢當成吉兆，不斷慫恿徐大哥考個功名，灌輸那種「考取功名光宗耀祖，才是孝順的表現」這樣的觀念。看到父親寄予厚望，徐大哥真的閉門讀書，只是他

早已荒廢多年，考試哪有這麼容易。

「我父親每夜都做那個我考中狀元的夢，夢裡的他歡樂滿足，睡覺時都忍不住笑出聲。只是當他一覺醒來，發現還是住在原本的竹籬茅舍，我還是那個不爭氣的鄉下秀才，忍不住唉聲嘆氣。我連著考三次都落第，百無一用是書生，閉門讀書的時候，家裡的活都做不了，原本的私塾課室也教不下去，只好開始變賣家產過日子。看到我這般光景，不上不下、不進不退的，他更是抑鬱寡歡。這樣忽喜忽悲，有天大病一場，臥病半個多月，我日日夜夜照顧他，那半個月我頭髮就全白了，沒想到父親還是沒能熬得過……」

徐老先生既然過世了，不再掛心那遙不可及的功名，

徐大哥大可以照樣過以前的日子，怎麼還要逃離故鄉？

「……父親臨終時緊抓著我的手，念念不忘的就是要我答應他一定要考取功名，當個大官，這樣他在九泉之下才能安息。我為了讓長者安息，只好答應，之後每天繼續埋首書本，繼續那無邊無涯的苦讀。但是有一天，我居然夢見自己賣掉了田產頂替別人的名字捐了個官名，對方拿了錢幫我上下打點，果真也安頓好，我準備上任了。可是從故鄉前往就任的地點，一路舟車勞頓，竊匪劫財奪命頻傳，我在夢中提心吊膽……」

「在夢中有當上官了嗎？」我心裡想，假如真實生活當不了官，在夢裡能霸氣的坐著官椅，如此兩者相互平衡，不是也能安然的過日子嗎？

徐大哥嘆了口氣說：「世間事若是這麼簡單，那就沒有這麼多煩惱了。各位有所不知，因為那官位不是憑實力掙得的，夢裡總有種朝不保夕的驚慌。在夢中我不是被路上的竊匪謀財害命，身首異處；就是因為毫無靠山，上任惹人嘲笑，適應不了官官相護的官場文化；再不然就是受到知情者威脅，要我給他好處，不然就要揭發我那冒名捐官的勾當。白天苦讀，晚上噩夢，這種日子讓人潰堤。」

這可真是可怕的夢境。

「假如只有我自己如此，那我堂堂男子漢有什麼不能忍耐的。讓我非離開有鳳村不可的原因，是因為家母、妻子、孩子，還有我年幼的弟弟妹妹，居然也開始噩夢連連……」

徐大哥的家人也說了說困擾自己的夢境。

徐大娘是這麼說的：「……我是夜夜夢見自己回到幼時，那時跟著家人逃難，一路上餐風露宿，我的爹娘都在逃難時死去……」

「……我總是夢見我們家三兄弟一起到山上砍柴，忽然雷聲大響，一道閃電就從眼前劈下來……」

他們一個又一個的夢都是十足的不幸，難怪想要趕緊脫離夢境。

「雖然說日有所思，夜有所夢，但我們的夢全然不是白日所思所見，像是有人惡意詛咒，讓我們無法安眠。夢中都是那些最不想發生的事情，最讓人膽顫心寒的預言，那些悲苦災難讓人完全看不到希望，完全找不到亮光。您給我們的三塊藥材是什麼呢？可否告訴我們，有鳳村還有很多人因為太多的夢，日子過得渾渾噩噩的，我想為他們張羅這幾方藥，讓他們有機會過過清醒的日子。」

師父從不藏私，不過這時卻面有難色的說：「那幾樣東西是無心插柳得到的，也放很多年了。從那年之後，我就再也沒見過那些藥材……」

師父之前讓徐伯帶回的三塊深淺不一的藥材，那看起來像是三段木頭的東西，竟然如此珍貴？那些到底是什麼呀？我可以服用嗎？

「多年以前，我曾遇過一位忘年之交，」師父說道：「他的名字叫瞿爭，瞿爭兄的年紀比我大二十幾歲，擅長醫術，給我很多提點，他沒有安定的住所，四海為家。我

曾問他為什麼如此漂泊，他說自己把世事看得太清楚，世間所有的情緣都只是萍水相逢，不用勉強也不須有太多的牽掛……」

看來這個人像是師父的師父了吧？這也是我第一次聽師父說起「別人」，很難想像在大家心目中，醫術已經是爐火純青的師父，也是從一無所知開始學起。

「……我跟他結伴同行好一陣子，發現他真是聰明絕頂的人，他能洞察事事物物的因果，看到別人處心積慮的鑽營，就已經預見這個人之後的下場；看到別人歡天喜地的慶祝，卻已經看到由盛轉衰的悲涼。他憂國憂民，也看不慣官場的趨炎附勢。大家都希望自己更聰明，只是他擁有這般的聰明，卻沒能擁有更多的快樂。白天他見著

別人的悲苦，夜晚這些悲苦就變成他的夢境，眾人糊塗喜樂，得過且過也能悠哉生活，他偏偏看山不是山，看水不是水，繁花似錦在他看來也是虛空無常。那時我就打趣的說，他這種人太辛苦了，我一定要找一種吃了可以不再做夢的藥方給他，讓他享受一下當『平常人』的感覺。」

「師父，那您找到那三種藥材，他用了之後，真的變得跟平常人一樣嗎？」

「沒有，沒等到我找到那三種藥材，我們就已經相忘於江湖了。我記得那一天，我們走到一處山腳，遇到一處岔路，他想往東方走，我想往西邊那條路走，我們兩人不一定時時刻刻同行，之前也好幾次在岔路分開。我們如同往常一樣，約好太陽偏西之後就下山，同樣在山腳大槐樹

下碰面。可是那天下起大雨，我抓不準時辰，冒雨下山，可怎麼也沒等到他。我本來以為他在半山路上躲雨，雨停之後往東邊山上找，也沒找到人……」

師父與瞿爭先生分散之後，他還是千方百計的四處詢問，繼續找尋那種「吃了夜晚不會做夢」的藥材，為了就是對那位忘年之交的承諾，那三塊「木頭」，是後來幾年中，慢慢找到的。

「顏色最淺的，是『冉遺魚』，這種魚在陵羊澤中找到。陵羊澤是涴水往北邊流通往大江之前的大澤，發源於英鞮山的涴水，水量豐沛，從源頭就分成三股支流，分別流往北、西、南三個方向，但只有往北流到陵羊澤這處，可以找到冉遺魚。冉遺魚有六條腿，長著馬耳朵，還有像

蛇一樣長長的頸子，要不是牠的尾巴和背鰭，誰也不相信這種怪奇的『獸類』，竟然是水中的魚兒。」

「顏色最深的，是鴒鶚鳥，這種鳥真的非常漂亮，看起來像是長尾雉雞，全身如同楓紅般鮮豔，唯獨尖尖的嘴喙，像青天一樣的碧藍。鴒鶚鳥飛得慢，萬一被人撞見，牠會不斷的叫著，就像呼喚自己的名字，想抓牠的人聽著那聲音，常常就像是被什麼魔懾住了，往往就忘了自己要做什麼。那時我在耳朵塞著兩團軟泥慢慢靠近，才抓到鴒鶚鳥。」

「剩下那塊是鵸鵌鳥，是我在西山系的翼望山找到的。當地的人告訴我，要是小孩夜夢，他們就抓鵸鵌鳥給孩子服用，這鳥兒喜歡藏匿在竹林中，並不難找，只是

有點嚇人，沒什麼人想靠近。我那時還算是血氣方剛，想說有什麼事物會讓人嚇到不敢去抓，所以不聽當地人的勸告，還是冒險上山。我在竹林間找了半天，沒看到什麼鳥兒，這時傳來一陣像是人的笑聲，那笑聲像有什麼陰謀一樣，讓人聽了毛骨悚然，一回頭，我就看到傳說中的鵸鵌鳥。」

師父也覺得嚇人的鳥兒，那到底是什麼樣子呢？

「鵸鵌鳥個頭不大，就像小蘆花一樣，但是牠有三個腦袋，長著六條尾巴，每個腦袋、尾巴活動起來動作不一。只見牠左看右看，左轉右轉，出現時就算只有一隻定定的站著，也像五六隻在眼前跑呀轉的，看得你眼花撩亂。牠讓人驚駭的是那聲音，真的跟人一模一樣，在荒郊僻野，那笑聲讓人驚恐，我抓牠時真怕牠像人一樣罵我一句，那

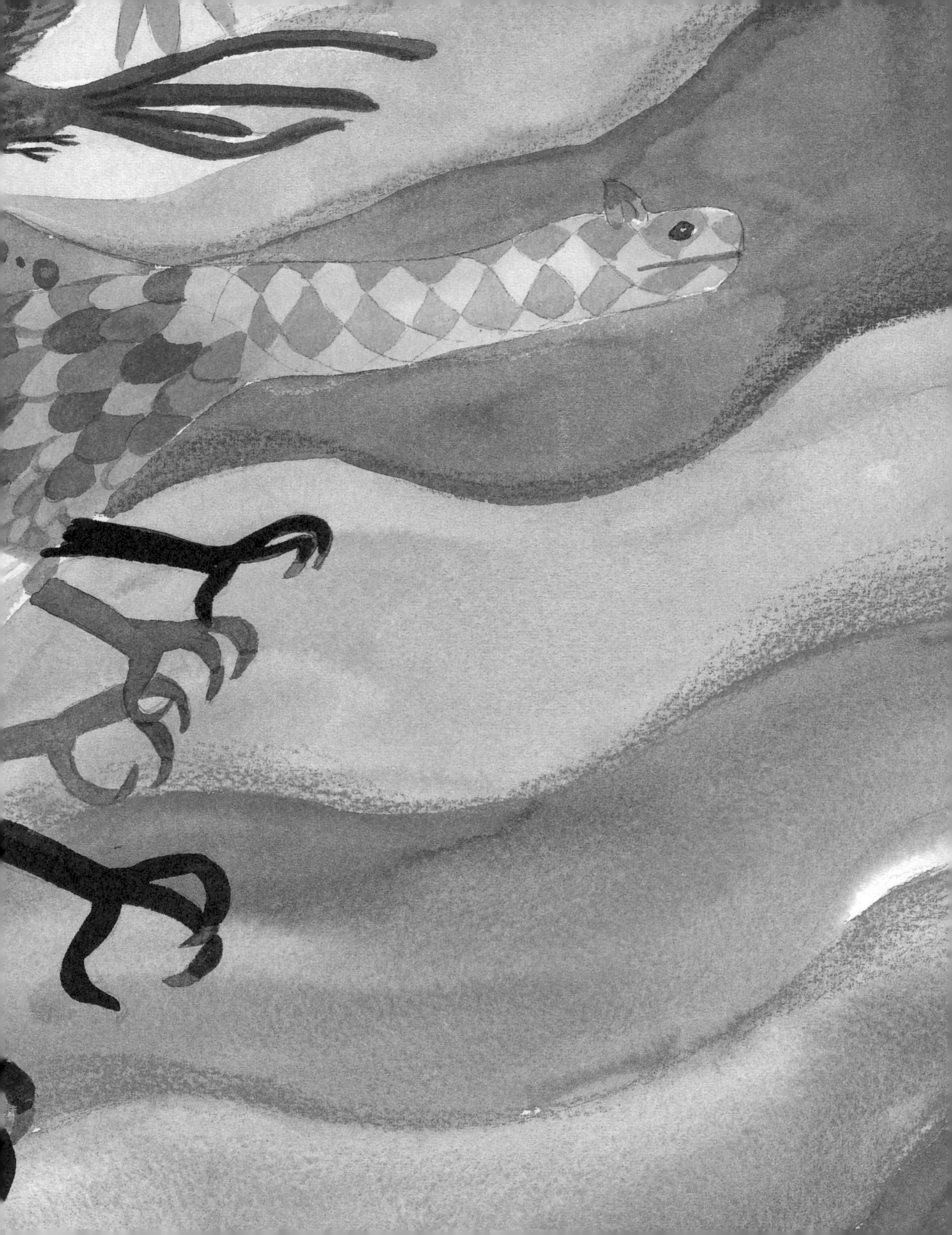

換我得四處逃竄了。」

原來藥方是這麼得來的，那位瞿爭先生若是還在，不知道高齡多少了？我得叫他太師父吧？

「這幾方藥都是那幾年搜尋得到的，炮製好就放著，這次能物盡其用，我也了卻心願。你們要不要把剩下的帶回去？」

「南山先生，不了，剩的不多，就算我帶回那幾塊，也不夠所有的人服用，就留在您這兒好了。這幾天清醒不再隨便做夢，特別能事理通達，許多道理以前不明白的，現在也悟出了道理。我為有鳳村的人惋惜，看來住在那兒的人，終究是脫離不了夢境的輪迴，那也是極其無奈又可悲的事情。」

徐大哥說得這麼傷感，我想到他們回去之後，也許過

不了多久，又是夢境連連，也許之後也就這麼習慣被夢境折磨，過著與噩夢或好夢和平共處的日子。

原本以為師父會安慰他們之後送別，沒想到師父閉目沉思了一會兒，問起：「你們回有鳳村時，能繞往中山系的脫扈山嗎？」

「方向相同，船夫可為我們安排。」

「那麼，你們先往脫扈山去，那山上有種青草，叫做植楮。這草很好認，它的葉子像葵菜，花朵顏色鮮豔就像石榴，你們一定能認得出來。植楮小小的草株，卻會長出長長的果莢，模樣像是棕樹果莢，果莢裡有種子，可以帶到別處種植。你們把植楮當成葵菜，或炒或燙皆可。之前我曾把植楮用在心情鬱悶的患者身上，它也可以讓人不做

噩夢，變得寬心自在。你們記得去挖掘一些遍植村中，日子久了，也許有鳳村民就不會如此多夢了。」

徐大哥一行人千謝萬謝之後要離開，不過師父卻把他剛剛送回的棉紙包又再遞過去：「植楮從栽種到生長，需要一段時間，這些你帶著備用。」

「南山先生，這怎麼好呢？萬一以後有這種症狀的人，豈不無藥可醫？」

「你們需要就先帶上，天無絕人之路，總有方子可以慢慢調配，就帶著吧！」

看著他們離開，我心中還是有個問題放著沒說，我該不該跟師父說那個總是重複出現的夢境？我需不需要用那幾味奇特的藥方，讓我從夢境中快快清醒？

六．不完美的必要

「南山先生！南山先生！」已經很久沒有人這麼早就到藥鋪子，大清早外頭的呼喊聲，伴隨著小蘆花興奮的啼叫聲，這個早晨可真熱鬧。不過這個早晨我也起得很早，我正在掃落葉呢！院子裡的葉子變多了，難道它們也知道立秋來到了嗎？

我馬上拉開院子大門的門閂：「毛叔，這麼早！」

平常常來的毛叔，今天居然這麼早。

「是啊，你毛嬸一大清早做了好吃的東西，我今天要出遠門一趟，她要我趕緊送過來，說東西趁新鮮吃最好。」

毛叔把一個大砂鍋放在桌上，掀開一看，是熬得清甜的魚湯，還熱呼呼的。師父也起來了，一看到毛叔就說：「您一定也還沒吃吧？那就一起吃一碗。」我趕緊準備湯瓢和幾個碗，毛嬸好手藝，總是為我們送來好吃的餐點，單單聞到香味，我就已經饞得不得了，大蒸籠裡原本只蒸著雜糧饅頭呢！

我往砂鍋裡撈，看到好幾個魚尾巴，就問毛叔：「您這次抓到多少條魚呢？鍋子裡看起來好多條呀！」

毛叔一邊吃一邊說：「你相信嗎？這一鍋只有一條魚。」

毛叔說，他的船經過泚水河附近，河水中有許多貝類，看起來碩大甜美，他和夥伴就張起大網打撈。這時，一群魚游過來，像一大片水草漂過來似的，聲勢十分壯

大，數不清的魚尾巴一起拍動，水花四散飛起，在船上的他們都被弄濕了，魚的數量多得數不清。

「後來我們才發現，這種魚可真奇特，居然是一首十身，那十身大小不一，我們撈了好幾條，因為魚聞起來就帶著蘼蕪的香氣，所以，烹煮時只加了點鹽。南山先生，這種魚您見過嗎？」

「一首十身的魚，我見過兩種。在北山山系附近有條譙水，水中有大如畚箕的河羅魚，河羅魚出現時不會只是拍動著尾鰭，牠會一邊游水一邊嚎叫，聲音像是猛犬。既然你在泚水附近捕捉到，那麼應該是茈魚，毛孃這魚湯煮得極好，多吃茈魚湯，可以理氣順腹……」師父說到這特意看著我：「小難，最近的你，特別需要這種魚湯。」

「為什麼？」

「呲魚除了好吃，還有個食療效果，吃了可以不再隨意放屁……」

我紅著臉不好意思的笑了，這的確是我最近的苦惱。師父開了方子為我熬藥，說我可能豆類吃得太多，或者吃東西吃得太快，也可能最近腸胃有點問題。

還沒來到藥鋪子時，爹娘常為我的身子擔心，因為我總是大病小病不斷。那時有人這麼安慰爹娘：「你們都給他取名小難了，就讓他小災小難過一生吧，那些『天妒英才』的說法寧可信其有，太過完美也許在別的地方就有折損了。」

事物不用要求完美，來到藥鋪子，我看到更多的「不完美」。

曾有個年輕的大哥哥來這兒，說自己有個很大的困擾，常被別人當成登徒子，儘管他認真讀書、待人誠懇，

但還是很難交到知心朋友。大哥哥說話的時候，眼睛不斷的眨動，好像老在擠眉弄眼似的。要不是他話說在前頭，我還真以為他是故意的。老是眨眼有什麼不方便呢？

「別人很難體會，我身受其苦。眼睛眨個不停，讓人覺得不夠莊重，好幾次家人想為我提親，媒人一見到我這模樣就婉拒請託。南山

先生，這可有藥能醫治嗎？」

大哥哥學養俱佳，就是這種「不完美」讓他苦惱。師父為他把脈、針灸之後，要我拿一些當扈肉片出來。

「你得放輕鬆些，才能根治愛眨眼的毛病。當扈鳥是一種長尾雞，長長的尾巴像芭蕉葉一樣，牠們的咽喉下長著細柔的長鬚，就像人長著鬍子一樣，一般

的鳥振翅疾飛，當扈鳥悠閒的舞動著長鬚，慢慢飛行。因為用鬍子來飛，所以飛不高，常被人抓去當食物，吃了牠的肉就可以醫治眨眼睛的毛病。」

不知道大哥哥吃了之後，愛眨眼睛的小毛病是不是都根治了呢？當他不眨眼睛的時候，是不是就能順利的成親？只是成親之後，一定也有很多新的煩惱吧？

龍叔也有自己的「不完美」，他高頭大馬，什麼都不怕，就怕打雷。每當在外頭下大雨，他一定得在第一聲雷響時，趕緊找到地方躲避，他說自己曾在山上看到落雷，嚇得一步也不敢走動，還要妻子牽著手才敢離開田地到亭子避雨。

龍叔可是我心目中最勇敢的人，居然會怕打雷。那麼不怕打雷的我，是不是比龍叔還勇敢呢？

「怕打雷」這種無傷大雅的小毛病，師父也恰好有方子可以醫治。師父說有種人面鳥身的鳥，只有一隻腳，名字叫橐肥，牠特別怕熱，夏天都躲在洞穴裡，只有冬天才找得到。橐肥怕熱也特別怕遇到雷雨，所以牠們的羽毛就神奇的有了避雷功能。怕打雷的人撿一支橐肥羽毛佩戴在身上，就不會這麼畏懼雷聲了。

記得有個僕役大哥哥跟師父抱怨，說自己力氣太小，做事情好吃力。大哥哥年紀只比我大三歲，是李其縣官那兒年紀最小的。聽到大哥哥抱怨，我心裡想的是：「這有什麼好抱怨的呢？再長大一點，力氣不就變大了？況且力氣大得做更多的事情，那不是更累嗎？」可是我沒有多說話，因為大哥哥看起來真的很懊惱。

「我跟大家一起去扛木頭，總是比別人少出一點力，

很過意不去……」

「衙門裡吃重的事情，我一點都幫不上忙，老是要麻煩別人，我覺得很不好意思……」

「大家都能做的，獨獨我得特例，一次還可以，每次都這樣，我不知道能怎麼回報……」

原來大哥哥是這麼想，不是每個人天生力氣大小就不一樣嗎？力氣太小這也算「病症」嗎？沒想到師父也為他找到方子。

「這是中曲山的櫰木果實，我取果肉烘乾，你可以直接吃，也可以泡茶喝。」師父說中曲山在西山系，山陰和山陽是截然不同的風景。山陰會出現一種嗜食虎豹的猛獸，出產雌黃、金屬，山陽遍地玉石，種滿櫰木。櫰木的葉子像手掌一樣大，會結出和木瓜一般大小的紅色果實。

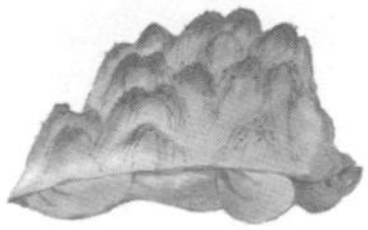

吃了這種果實，力氣就會變大。

師父這麼安慰大哥哥：「力氣大和小是相對的，你說你的力氣小，但你跟螻蟻比，誰的力氣大呢？若是你覺得力氣比螻蟻大得多，但對螻蟻之輩來說，牠們可以聚千萬之力，撼動巨木，這樣的力氣又是讓人敬畏的，不是嗎？」

「你說紅花美嗎？美吧？但倘若問了不喜歡紅花的人，他會怎麼回答呢？你說竊賊是惡人吧？但倘若這個竊賊專偷惡人濟助貧困，那麼一般人該說他是好人嗎？你說天晴是好日子，那假如天天晴朗日照，就真的好嗎？」

大哥哥心領神會的點點頭，但是我卻還是有點不懂。難道說，每一件事情，都可以是大的，也可以是小的？都可以是善的，也可以是惡的？都可以是美的，也可以是醜的？看起來是對的決定，也許也是錯誤的念頭？

來藥鋪子的人，都是對自己的某些地方覺得不完美，希望能加以調整補綴，達到大多數人能接受的模樣。師父雖然都是耐心的提供醫治，但總會用更多的耐心提醒點撥，一問一答間，我常常聽得似懂非懂。有個問題，我一直沒問出口，就是怕師父用一連串的問題來回答我的提問。我想知道既然完美與不完美沒有一定的標準，那麼到底要努力做到「完美」好呢？還是「不完美」才好？

七・從此煩惱不生

當師父為別人把脈看診或聽別人說話時，我雖然忙進忙出的，但每件事都一一看在眼裡。許多人來找師父，除了治病，更多的時候是排解煩惱，似乎病症總是跟著煩惱而來，煩惱消去了，病痛似乎就無處著生。

師父會觀察到別人沒說出口的煩心。

幾天前有人捎信過來，那封信我反覆的看著看著，夢中都忍不住笑了起來。那是爹寫的信，他們今年過年不會過來，因為娘已經懷有身孕，過完年之後家裡就會添新人口，我要當哥哥了！

很久以前娘曾生養過一對孿生子，我還記得他們的名字叫做雙兒、對兒，只可惜那年發生瘟疫，許多人都生病了，我的弟弟妹妹也在那次瘟疫中離開。生下我時，我太難照顧，總是大病小病折磨人；生雙兒、對兒時，那場瘟疫也要去了娘的半條命。今年是我在招搖山的第三年，算算我也已經十五歲了，能有個弟弟或妹妹真好。這些年來，雖然爹娘都希望家裡有更多的子嗣，但也漸漸抱著一切隨緣的態度，盡量不顯露煩惱的心思。

不過，爹娘藏在眉眼底下的煩憂卻讓師父看出來了，上次過年時，師父雖然前往南禺山，但卻叮囑我，要我把一些東西交給爹娘。那時，我還想著，師父也沒幫他們看診，也沒問過他們的病症，怎麼知道他們需要什麼？

師父給我的是一個香囊和一大袋像是栗子一樣的乾果，要我跟娘說，香囊隨身佩戴著，乾果就當點心，一天吃一個就好。是不是那些東西發揮的效用呢？當我問師父那些是什麼時，師父笑呵呵的說：「那時沒說得太清楚，是擔心你爹娘得失心太重，反而會適得其反。所以沒告訴你，現在可以說了，你剛來時，聽你爹說起家裡的狀況。我想爹娘爺爺奶奶一直都細心的照顧你，現在把你送到我這兒來，他們一定很捨不得，也一定很想你。那時我就想，你家裡若是多個孩子，他們忙著新生的孩子，對你的牽掛就會少一點。」

師父想得真是面面俱到。

那個香囊，我隔著紗布聞了聞味道，只聞到淡淡的茉

莉花香。師父說香囊裡裝的，是杻陽山的鹿蜀毛，還有曬乾的茉莉花。杻陽山也在南山系，師父的朋友住在那兒，圈養了一大群鹿蜀。鹿蜀外表像是馬，頭是白色的，有長長的馬鬃；身上是美麗的虎紋，尾巴是閃耀的亮紅，個性溫馴，發出的馬鳴像是人在唱歌一樣好聽。那個朋友說養鹿蜀除了可當馬騎，為牠刷毛時，刷子上的毛經過清洗，加上一些乾燥的花朵，可以做成香囊，許多婦女喜歡佩戴在身上。因為鹿蜀的毛能讓人心情平靜，婦女佩戴在身上，就能得到宜子宜孫的效果。

「那些果子是從哪裡來的呢？我在這兒時，曾吃過嗎？」

「你吃過呀，每年秋天都有人會送一大袋來，去年

你也吃過的，你還幫忙炒過，你第一次吃的時候，不是說有點像土豆的味道嗎？那一袋乾果是從崇吾山來，那裡有一種高大的樹木，因為隨處可見，所以連名字都沒有。這種樹有著圓圓的葉子，開著紅色的花，花瓣上有黑色的紋理。連著花朵的是白色的花萼，等果熟花落，會結出一顆顆小圓球狀，如同枳實一般大的硬果，因為硬果外殼光滑，照著光就可以看到虹彩，所以我乾脆叫它虹龍果。」

喔，我記起來了。許多人會送東西到藥鋪子，秋末冬初最常送過來的就是各種不同的堅果，大大小小的栗子、松子、腰果、核桃……送來的人都是誠心誠意的，只是沒想到師父這裡的種種乾果早已堆積成山。所以，送栗子來的，常常就拿回一些別人送的核桃；送核桃來的，帶回去的點心就是另一家送來的腰果……假如東西太多，李其縣

官還會派來僕役幫忙翻炒，那時屋子裡可真是香透了！原來師父給娘的，不是普通的果子，而是那種我一嘗就覺得味道特別，像土豆的「虹龍果」。

只是，這麼多不同的堅果，師父怎麼知道這種「虹龍果」是娘需要的呢？我還是問了問：「師父，您怎麼知道這種硬果的效用呢？」

「崇吾山到處都是這種樹，滿地都是落果，山中的猴子、鼯鼠、狐狸等特別愛吃，那山上的獸類又是多得不得了，我就想著，也許人吃了也是有同樣的效果。虹龍果有硬殼，沒經過熱沙炒過，味道澀又苦，原本沒有人吃的，我拿來炒過之後，沒想到如此美味，那麼就算沒效果，吃了也不傷身的。」

在藥鋪子每天都有學不完的事情，這裡也幾乎每天都有來來往往的人，日子過得太充實，讓我完全沒想到爹、娘還有爺爺奶奶會想念著我。收到信之後，想到家裡馬上又會有小孩的哭聲、笑聲，我真的開心極了。

師父會牢牢的記住別人隨口說的話，並且慢慢的想辦法幫忙。

上個月，我們在一棵大樹下撿到一只蜂窩，已經有螞蟻黏著不放，但是師父要我撿回去。

「師父，這裡頭的蜜不多，您要喝蜜嗎？藥鋪子裡不是還很多嗎？」聽到師父要我撿那個看起來髒兮兮的蜂巢，我以為師父犯糊塗了。藥鋪子有許多蜂蜜啊，因為蜂蜜也是藥方，單獨泡水喝就有滋補潤肺、潤腸通便的效果，加入各種果子，又有不同的功效。冬天天氣冷，我最

喜歡做的活，就是用蜂蜜熬製膏方。守著溫熱的爐火，看著藥材慢慢煎煮，最後收膏的步驟，就得加入蜂蜜。不管多苦的煎藥，做成膏方，都像是糖漿一樣。

藥鋪子既然有喝不完的蜂蜜，為什麼需要這個蜂巢呢？

「你還記得毛叔上次來的時候，說了些什麼嗎？」

我努力回想，只記得毛叔上次來，是為毛嬸來抓藥。

毛嬸大病一場後，心情一直不太好，藥總是斷不了。毛叔還說了些什麼？我怎麼都不記得？

「毛叔說毛嬸這場病拖了好久，雖然已經漸有起色，但總是自怨自艾，說自己形容枯槁，做什麼事情都提不起勁……」

師父一說，我馬上想起來。毛嬸脾氣好，說話聲音又溫柔，她就算生病變得憔悴，也還是很漂亮啊，怎麼

會變得這麼洩氣呢！

「等等你把蜂巢洗乾淨，我們幫毛嬸做點胭脂吧！」

胭脂？那一定是毛嬸喜歡的東西。在家鄉時，偶爾會有挑著貨擔的賣貨郎經過，娘看著那些香香的、紅潤潤的胭脂，眼睛雖然看得出神，嘴裡卻嚷著「這麼貴，我才不要呢！」胭脂不是藥，沒有哪種病症得用胭脂才有效，但是師父卻想用胭脂，當成解開毛嬸心結的良方。

這是我第一次做胭脂。

師父要我找洛神花、玫瑰花、紫草等挑揀乾淨，用上好的橄欖油浸泡半個月，變成玫紅色的紅油。那塊蜂巢，在水中煮過之後過濾，變成乾淨的蜂蠟。還要我把一顆珍珠、幾朵豔玫瑰、一些玉米粉，一起研磨成更細緻的粉末。蜂蠟和紅油隔水融化後，一點一點的加入粉末中研磨，慢

慢變成油膏狀的胭脂，有著花的香氣。把做好的胭脂膏裝進小罐子裡，就跟賣貨郎擔子上的一模一樣。

當毛叔拿到之後，感動得說不出話來。他沒想到自己隨口說出的一句話，師父竟然記得，還幫他想了這麼個好方法，讓毛嬸開心。我也留著一罐準備給娘用，我一定要親手交給娘，並且拍著胸脯大聲的說：「您儘管用，不用擔心東西貴不貴，這是我做給您的。」我等不及想看看娘拿到時，臉上會有的笑容。

師父說過，真正好的大夫，不是知道有多少好的藥方，而是找到最適切的方子給病人，那「望聞問切」四診的功夫，每天都要認真琢磨。所以，每個踏進藥鋪子的客人，師父已經開始「望」的診察。看看客人的臉色、頭髮、指甲、眼睛……觀察他走路、呼吸、喘息、說話的速度……

注意他的神情、態度、眼神……師父常常不用多問什麼，就可以知道來的人，究竟有什麼樣的疑難雜症。

發現初期的病徵，就開始醫治防範，以便在疾病開始之初就斬斷病徵，師父幫助許多人減少病痛，過著正常安穩的日子。每天看著看著，越發覺得自己還有好多都沒學會，不知道還要學多久，我才能拿捏得跟師父一樣好，跟師父一樣做出精確的診斷。

藥鋪子歡迎八方來客，當然常有奇人高手，冬天第一場雪落下的那一天，藥鋪子裡就來了這麼一位貴客，他說自己從南海郡的劉鼐縣官那兒得知這個藥鋪子，所以專程到這兒，希望師父能為他解惑診治。

這位貴客名叫左桀，個子高瘦，仙風道骨的，說跟鬼谷子有深交，幫人相命卜卦為生，他看起來跟師父年紀差

不多，但一問之下，居然還年長師父近二十歲。師父聽聞對方年紀，趕緊拱手作揖叫對方一聲「左師父」。

藥鋪子的客人，很少有人的談吐與智慧能超過師父的，但這位左師父，真的是通天知地無所不知。他們談了一整個下午，從世局變化談到人性善惡，從部陣行兵談到日星象緯，從奇花異草談到宇宙洪荒……我端了好幾次點心、倒了好幾次茶水，他們依然意猶未盡。

左師父是個博學多聞的人，師父似乎也被比下去了，這麼個厲害人物，他什麼都懂，天底下還有什麼他不知道的，還有什麼事會讓他煩惱？

果然，我聽見師父忍不住問：「左師父，您如此高不可測了，還有什麼我可以效勞的？」

原本暢談的左師父，這時嘆了口氣：「劉鼒縣官說您

是高明的大夫，我想您一定懂得四診中的『望』，我想問問您，當您望出了別人的病症，會怎麼做呢？」

怎麼看起來絕頂聰明的左師父，竟然問這樣的問題。這不用問師父，我都能回答。一位大夫，不就是盡全力讓病人遠離病痛、遠離煩惱嗎？

師父的回答是這樣的：「若是診斷出有病痛，我理當全力醫治，在我這兒看病不用錢，我的藥材都是眾人蒐羅過來的，病人都可以安心治病養病。」

「這就是我的困擾了，我這位相士平時為人卜卦算命，憑著的也是那麼些『望』的功夫。我看人的相貌、眼眉、額頭、耳朵、掌紋、指紋等，推敲他們一生的吉凶禍福；我也為他們卜卦、看他們的紫微斗數，為他們斷定運勢的發展。這些我做了幾十年了，一直習以為常，直到我

前陣子被請到董員外家，我的相士之詞卻害了他們，讓我十分過意不去。」

左師父看起來是個言行端正的人，他會怎麼害人呢？

師父沒說話，只是和善的看著左師父，等著他再度開口。

「人人都喜歡聽好話，但對於一個相士來說，經常還是得把醜話說盡。我為董員外卜卦，推測他三天內會有血光之災，當我據實以告，為人和氣的董員外還跟我說不打緊，他三天不出門就好，我想想這沒什麼不妥，不出門也許能避開劫難。沒想到……」

都已經不出門了，還會有什麼災難呢？

「第四天中午，董家僕人來通報，說董員外過世了。他沒出門，連著三天都在自己的房裡，但不知怎麼那房屋梁柱被蠹蟲蛀蝕，他在房裡安穩的睡著，大梁斷裂，壓個

支

正著。雖然這也在我卜算之中，但我還是十分過意不去。總想著要是我別跟他說得這麼篤定，他就不會成天待在自己的房裡不出門。他倘若出門，那大梁壓下也傷不了他。」

屋子裡頓時靜默了。

隔了好一會兒，師父才說：「一般人貪生怕死，是因為不知道生有何樂、死有何苦。有晝必有夜，有生必有死，您與我都知道那句『生死有命』吧？何苦執著呢！」

左師父點點頭說：「之前我也遇過幾次這樣的情形，找我卜卦問事的人，原本過得好好的，一旦窺知了未來運勢反而壞事，到底該不該鉅細靡遺的告知？在我還沒想透之前，我實在不敢再為別人相命。」

「我想還是盡人事聽天命吧，事事物物的安排，不也是天地運行的奧妙。俗話說塞翁失馬，焉知非福，若是把

得失榮辱看得太重，豈不是把枷鎖往自己身上套呢！我等會兒讓我的徒弟小難為您泡一杯鬼草茶，那是別人從牛首山摘來的，喝了您就會少點憂愁了。」

這天晚上用過晚膳，師父要我引著左師父到客房，左師父突然轉身對師父說：「我本不該多說的……但是我剛為您卜了個卦，您近日有病符星，這是極其不祥的兇星，得多注意身體，」左師父說到這停住了，他自己也忍不住先笑了起來：「您自己是大夫，難道不知道怎麼養生養病嗎？看來我又是多慮了。」

左師父的話說得輕鬆自在，原本聽到前半句愣住的師父，也跟著呵呵笑了起來。

我心裡有點不以為然，左師父憑著什麼，說師父有「病符星」呢？

八・風雪故人來

冬雪紛飛，招搖山今年的雪特別厚，小雪開始已經連下半個月，大雪之後，雪一直下到冬至都沒停。厚敦敦的雪壓著樹枝，不時發出劈劈啪啪的斷裂聲。外頭的溪流冰封了不說，連放在屋子裡的小水桶，一夜過後也結凍了。

李其縣官一直是藥鋪子的守護者，立冬一到他就派人來整理冰窖，並且開始把一些存糧運到山上。他總是掛記藥鋪子的狀況，如同往年除了派遣僕役長駐，自己也會上來好幾趟。師父總要李其縣官在冬日酷寒時，不要過度奔波，節氣來到「冬藏」時刻，更要注重養生。

藥鋪子的窗櫺糊上雙層的棉紙、並且刷上一層薄薄的桐油，這樣屋子裡就更暖和了，因為風吹不透雨也打不濕。師父知道我的家鄉並沒有這麼冷，天冷時常在屋子裡煉製膏滋，那暖暖甜甜的氣味，待在屋子裡真是舒適極了。

天氣太冷，萬物彷彿靜默暫停，從藥鋪子往外走，除了白茫茫的一片，幾乎看不到什麼動物。也許大家都躲在樹洞或山洞裡吧？所以，當那天輪班的僕役上山時，他們扛著一個竹籠，嘿唷嘿唷的滿身是汗，好像找到了什麼獎品。他們一進門就高聲的問：「南山先生，您幫我們看看，這是什麼？」

竹籠裡有一隻猴子，尾巴很長，比身體還長，尾端分岔，像兩條吐信的蛇。身上的皮毛很漂亮，有著豹紋一樣

的美麗斑斕花紋。猴子白臉黑面頰，眼睛很大。牠的前端有一隻手被夾傷了，雖然沒流血，傷口卻非常明顯。一看到師父靠近，這隻猴子立刻倒臥下來，彷彿已經熟睡好一陣子，這一切都被站在籠子邊的我們看得一清二楚，猴子還不時瞇著眼睛偷偷的瞄啊瞄的。這種欲蓋彌彰的做法，讓人忍不住想笑，這樣怎麼騙得到人啊！

幾個剛到的僕役說：「剛剛我們上山時，經過樹林，這隻猴子剛巧從樹上掉下來。牠看到我們接近，似乎是來不及逃走，就這麼臥地倒下，還緊閉著眼睛裝睡。我們看牠前手受傷了，想說送來您這裡，您能不能為牠醫治呀？」

師父點點頭。在這裡，我看到師父不但醫治人、也醫治過馬、牛、甚至是烏龜，真的是做到一視同仁。

隔著籠子，師父輕輕托起猴子受傷的手仔細端詳。猴子繼續裝睡，但也繼續瞇著眼睛偷看，牠看得太專注，頭都轉了過來。

「這是什麼？我們以前從來沒看過。」

「你們真的只看到一隻嗎？」

「是的，就只有一隻，雪地裡也只有牠的足印，找不到牠的巢穴，才想說送來您這兒。不然天寒地凍的，牠又受著傷，可能很快就凍死了。」

師父一邊喃喃的說著：「真不可思議，怎麼可能！」一邊繼續檢視猴子的傷勢。當他托起猴子的尾巴查看的時候，猴子居然咧起嘴發出了笑聲，笑聲像極了小孩子的聲音。只是牠還是保持仰著身體裝睡的模樣，似乎完全不知道自己早就被人發現只是在裝睡。

「您知道這隻是什麼嗎？若是有不祥之兆，就不要醫治了，我們可以把牠丟回半山上。」

「不不不，長岔尾、白臉黑頰斑紋身，這隻猴子外表特徵明顯，所以我知道這是什麼。只是太不可思議，想不透我們招搖山怎麼會有這異獸大駕光臨。這叫幽鴳，牠的出現不是什麼不祥徵兆，反而常給人們帶來善意的提醒。」

師父說幽鴳是北山系邊春山上的尋常獸類，之前不曾聽說牠會出現在別的地方。邊春山種有許多蔬果：桃樹、李樹、野蔥、冬葵……可說是物產豐盛。幽鴳在邊春山成群結隊的，但是牠不像一般猴子只會搗蛋作怪，牠們很懂得禮節，不曾聽說過故意到人們耕種的田地偷採東西。即使摘取野生的果子，也是排著隊，長幼有序的摘取。要是

樹上的果子不夠多，幽鴳會互相推讓，大的讓小的、小的敬重大的，都怕對方吃得不夠，處處為對方著想。有人看過樹上結實纍纍，別種猴子一邊吃一邊玩，樹下常有咬了一口的落果。幽鴳雖是獸類，卻似乎懂得「取之有度，用之有節」的道理，吃多少、摘多少，吃過的渣仔也不會隨意棄置，會收集在一起堆放著。

「南山先生，那麼有禮節的獸類，人們反而得跟牠們學習了。」

「我聽說大家推崇幽鴳，還有一個最重要的原因，牠們不但取用有節制，有老少尊卑之分，彼此謹守著禮節，還有仁義之心。若是有一隻不小心落入人們的陷阱或者被人抓住，其餘的不但不會逃跑，反而成群結隊的跟隨著或者留在原地陪伴，家族中自然而然有一種『生死與共』的

氣節。還好牠的肉質一點也不好吃，也沒聽說有什麼醫療效果，所以抓到幽鴸的獵人，聽到牠們整個家族的悲鳴，大多趕緊鬆綁，牠們也常因此得以保全性命。因為牠們總是如此成群結隊，所以剛剛才問你們，真的只看到一隻嗎？」

「南山先生，我們真的只看到這麼一隻。」

「那可能是跟隨客船，不小心來到這裡。幽鴸不但有人才有的禮義，成長也像人一樣，年紀越小的越頑皮，這隻可能就是太頑皮，誤登上了客船，等發現之後已經回不了邊春山，只好留在招搖山。」

當師父這麼說的時候，這隻幽鴸聽著聽著，眼睛居然全都睜開了，等我們轉頭看著牠，牠馬上又閉上眼睛，尾巴環繞著自己的臉頰，用那兩條分岔的尾，塞住自己的鼻

孔，看起來真是逗趣，牠一定以為塞住了鼻孔，大家就忽略牠的氣息，殊不知這完全是掩耳盜鈴的做法。

「師父，那您要怎麼處置牠呢？」

「當下牠是受了傷，這樣的狀況在外頭也不好生存，你們就連竹籠一起放在這裡吧！我會幫牠包紮傷口，讓牠盡快恢復。等春暖花開，舟船可以通航，再看看誰能順道經過邊春山，護送牠回家。」

藥鋪子又多了一位「客人」。小蘆花住在客房的一角，疾風在廚房陰濕的角落，大壯有自己的馬房，這隻幽鴳，師父讓牠住在原本為大有準備的馬房中。幽鴳愛吃蔬果，幸好藥鋪子有冰窖，蔬果都不會缺，無論送什麼給牠，牠都開心的吃著，還會發出笑聲呢！

有一天，僕役大哥們來到藥鋪子之後，說李其縣官等

等就會來，沒想到等到天黑，都沒看到身影，這是之前從來沒有過的情形，師父似乎也有不祥之兆，吃晚飯時，顯得有點心神不寧。果然，隔天另一批僕役來報告，說李其縣官昨天下午騎著馬要過來的時候，經過小橋，橋面冰消打滑，他連人帶馬掉到河床……

「南山先生，縣官落在河床中段的沙灘上，沒有大石頭，所以身上沒什麼損傷，只有馬受了傷。他還特別說，天氣不好，您千萬不要去看他，等他好點會自己上山來跟您請安。」僕役大哥哥這麼說，但師父完全不理會。

「他受傷我怎麼能不去看看？小難，你幫我準備那幾帖跌打損傷的膏藥、再幫我抓幾付能安神定氣的茶，我們等等就去。」

師父已經很久沒出門，這會兒卻堅持要去。

我很快的準備好，東西有一大包，裝在布袋中。看到師父打定主意，在藥鋪子的僕役大哥哥也只能全程護送，外頭下雪，馬蹄都上了馬蹄鐵，真的步步為營，不過總算到了山腳下李其縣官的住所。

看到師父前來，李其縣官驚訝得不得了，他瞪著護送前來的僕役，那眼神是充滿責備的，只是一時不好說出口。不過，當我看到李其縣官，心裡想的是，他也真是逞強，說自己沒受傷，明明腿骨跌斷了，臉上、手上、身上都是擦傷，這一定要個把個月才能全好。

師父也不多話，直接把脈、針灸、檢查傷勢。叮嚀僕役煮藥湯清洗傷口，煎藥預備服用，當一切弄妥，師父才說：「還好，都是皮肉傷，您的年紀還算年輕，應該很快就可以復元。」

李其縣官除了道謝，還說起發生事情的經過。

「現在回想，這次是逃不過的劫數啊！那座橋早已年久失修，腐朽不堪行走，所以早有新橋在附近，到您那兒根本不需要經過，我原本是絕對不會踏上那座橋的。實在是因為看到了異象，想著是否如同之前那隻禍鬥，想著我是否有什麼得先提防著，所以我一看到，就策馬急追……」

李其縣官說自己昨天下午，打算到藥鋪子時，聽到一陣異常尖銳的犬鳴，鳴叫聲急促讓人心慌意亂。他本想不加理會，但又想到之前巧遇禍鬥，因而得以提前部署，讓大家躲過火災，這次怪異的犬鳴不如尋常，所以還是急著去看個究竟。

循著聲音，在樹林入口處有一棵大松樹，松樹的樹幹已經被啃咬過，底下的雪地也多處被撥開，露出裡頭凍結

的青草，看來有牲畜不耐飢荒。他正想再往裡頭走，這時一隻異獸鼻孔噴著氣、踏著步出來。

「那頭異獸模樣並不兇狠，不像禍鬥會噴火會跳躍，牠緩步出來，就像跟我打招呼一樣。我沒見過這樣的動物，外型看起來像是駿馬，但是有一對又細又長的羊眼睛，頭頂有四隻角，像帽冠一樣散列著，身後拖著一條像牛尾一樣的尾巴，搖呀搖的，甚是悠哉。」

我腦子把牛、羊、馬這三種動物都想了一遍，還是想不出李其縣官看到的究竟是怎樣的東西。

「那異獸看起來不傷人，雖然不知道牠是什麼，但本著上天有好生之德，看牠啃樹皮、掘雪地的窘境，我想著這種天氣，牠一定找不到糧食，我何不幫牠呢？於是我拿出袋子中的馬繩，想說先把牠拴住帶回縣府，那裡總有

人可以照顧牠，牠也不必過得這麼辛苦。馬繩是順利套上了，牠也不掙脫，但我正要驅策坐騎走動時，那異獸突然狂叫，如同猛犬夜襲，叫聲淒厲尖銳，比之前我聽到的有過而無不及。我的坐騎受到驚嚇，拔腿狂奔，完全不聽指揮，我來不及應變，連人帶馬跌落橋下……之後的事情，就是您所看到的了。」

「犬鳴、馬形、羊目、牛尾？我想想，這東西雖然不傷人，但卻是不祥之兆……」

聽師父這麼說，李其縣官也急了：「是什麼災禍呢？兵災？水災？火災？還是瘟疫？人心會因此浮動嗎？您能不能如同之前為我找到一頭『狡』那樣，我們來找個什麼，安撫人心呢？」儘管李其縣官臥病在床，卻念茲在茲。

「您看到的，應該是一種叫作峳峳的異獸，牠本身對

人沒什麼傷害性，但是只要牠出現，那個地方、那個國家就會出現狡猾奸詐的政客。峳峳原本生長在堙山，那是東山系其中一座山，離這裡有點遠。我也苦思不得其解，牠怎麼會跑到招搖山？這一路經過多少地方？牠是否想為每個地方都示警？所以，這次不是找個什麼就能安撫人心。」

「那怎麼辦呢？天下要大亂了嗎？」

「別這麼憂心，水災旱災這類天災無可避免，狡客反而是最容易躲過的災難，只要人人能自知自覺，不聽聞偏頗之言，就能力挽狂瀾。」

李其縣官的：「那我就放心了！」正好跟師父的：「但是……」同時說出口。我原本跟著放下心，現在心又提了上來。

「人禍能否成為災難，也是取決於人。狡客額頭上不會寫著『狡客』，他可能前一刻和善，下一刻奸狡；可能對某些人來說是恩人，對某些人來說卻是惡人。此一時彼一時，是非善惡如何判斷？我常說天災是明槍易躲，人禍是暗箭難防。」

僕役大哥哥煎好了藥，師父和李其縣官就停住了話語。

「您還是好好休息吧，狡客之災不是一時片刻會影響到，可別從現在開始就憂心忡忡，那除了跌打損傷的藥，我還得為您找些賓草解憂了。」

我們在李其縣官住處吃了東西，才回山上的藥鋪子。走到一半，雪如狂瀑，讓我們進退兩難。原本坐在馬車上的師父，都不得不下車幫忙推車。短短半個時辰的回程，

居然走了兩個時辰，才回到藥鋪子。

藥鋪子火爐燒著，暖烘烘的。我看出師父累了，為他打了水讓他簡單盥洗，就各自回房休息。

這一夜我也疲累極了，外頭的酷寒與屋內的和暖，讓我睡得很沉很沉，那個做了很多次的夢，也一整夜都占據著我的腦袋。我在夢裡走著永無止境的山路、進入山洞，走到那沒有出口的盡頭……當然，我也再一次看到那個清楚叫我「小難」的人：方臉大耳，虎背熊腰，身材魁梧，粗黑的眉毛和落腮鬍子連成一氣……

第二天我睡到很晚才醒來，而且是被一位僕役大哥哥叫醒：「小難，小難，快起來，你師父好像受了風寒……」

我猛然坐起，腦子飛過的是那個不請自來的相士左粲說過的「病符星」，難道師父沒能躲過？假如真的是相士

精準的未卜先知，他為什麼不先提醒李其縣官會受傷，要師父千萬別去探望？或者卜出昨晚會有暴雪，提醒我們不要昨天出門？我一邊想著一邊衝到師父房裡。

房裡靜悄悄的，師父每晚睡前會焚一小撮檀香，這會兒房裡是淡淡的香氣。師父每天清早都會起來冥想打坐，從來不曾晚起，今天我已經睡到快中午了，師父卻還沒起來，這是從來沒有過的事情。

大雪稍歇，光影照進房子裡，淡淡的檀香味兒隨著微微的風飄散，有陽光的冬日是一種歲月靜好，只是對照師父的安靜，我心裡忍不住慌張。

摸一摸師父，的確全身發燙，我努力想著以前有人受了風寒，師父曾給他開過什麼樣的藥方？我想到好多不

同的方子，但卻不能確定師父的症狀是什麼。這時我才想到，來這裡都快三年了，我要學的還好多，我還不會把脈、開藥方、針灸，我連師父生什麼病、該給他吃什麼藥都不能確定，這該怎麼辦？

疾風從廚房踱步到師父房裡，是的，疾風！我記得師父曾說三足龜的龜肉、龜板都是上好的藥方，吃了不會生病，只是藥性太強，又不容易捕捉，所以很少拿來入藥。現在師父已經生病了，該用這味「藥王之王」嗎？

在我這麼想的時候，疾風完全不知道我心中的念頭，牠居然就爬到師父床下縮起了首與足，也靜靜的安睡。

「小難，該怎麼辦？你師父都已經是這附近唯一一位大夫了，我們要去哪兒找另一位大夫？」

我該怎麼辦？平時最常商量的李其縣官，也躺在床上養傷，就算他來，也幫不上什麼忙。那位博學多聞、精通萬事的左師父，現在不知道雲遊四海到哪兒去了。誰能幫我？原本放晴的天氣，中午過後又開始飄雪，雪似乎越下越大，難道又會有昨天雪瀑般的暴雪嗎？這麼惡劣的天氣，就算能請到厲害的大夫，他該怎麼上山呢？

藥鋪子裡，就只有我和兩個僕役大哥哥，他們看著我，想等我的答案。我也看著他們，腦筋一片慌亂。

「南山先生！南山先生！」

屋外的呼喚聲打破僵局，是誰？這陌生的聲音宏亮極了，卻似乎又熟悉極了。到底是誰？

我衝到外頭開門。

魁梧的身材，穿著藏青色的斗篷，頭頂戴著雪地的大斗笠。那人摘下斗笠、拉下斗篷帽子，我忍不住驚呼一聲：「啊！」原來這個人這麼高啊，滿臉落腮鬍子和粗黑的眉毛連成一氣。

「小難！我是東海先生。」

孩子的經典花園
山海經裡的故事3 南山先生的逍遙遊

2020年12月初版 定價：新臺幣340元

著者	鄒敦怜
繪者	羅方君
叢書編輯	葉倩廷
校對	趙蓓芬
整體設計	王分穎

出版者	聯經出版事業股份有限公司	副總編輯	陳逸華
地址	新北市汐止區大同路一段369號1樓	總編輯	涂豐恩
叢書主編電話	(02)86925588轉5312	總經理	陳芝宇
台北聯經書房	台北市新生南路三段94號	社長	羅國俊
電話	(02)23620308	發行人	林載爵
台中分公司	台中市北區崇德路一段198號		
暨門市電話	(04)22312023		
台中電子信箱	e-mail：linking2@ms42.hinet.net		
郵政劃撥帳戶第0100559-3號			
郵撥電話	(02)23620308		
印刷者	文聯彩色製版有限公司		
總經銷	聯合發行股份有限公司		
發行所	新北市新店區寶橋路235巷6弄6號2樓		
電話	(02)29178022		

行政院新聞局出版事業登記證局版臺業字第0130號

本書如有缺頁，破損，倒裝請寄回台北聯經書房更換。 ISBN 978-957-08-5665-1 (平裝)
聯經網址： www.linkingbooks.com.tw
電子信箱：linking@udngroup.com

國家圖書館出版品預行編目資料

山海經裡的故事3 南山先生的逍遙遊/鄒敦怜著.
羅方君繪.初版.新北市.聯經.2020年12月.184面.
17×21公分(孩子的經典花園)
ISBN 978-957-08-5665-1(平裝)

1.山海經 2.歷史故事

857.21 109019048